새벽 숲에서 너를 만나다

새벽 숲에서 너를 만나다

강미애 수필집

몽트

새벽은 새로운 시작이다.
지난밤 어수선했던 꿈, 뒤척임을 치유하는 소금같은 시간이다.
아침은 멀었는데 새벽별은 아직도 머뭇거리고 있다.
꿈속에서 나는 알 수 없는 길을 밤새 헤매고 다녔다.

하루

강물의 물빛도 더욱 반짝인다
죽은 이들의 영혼이 밤 하늘의 별이 되었다면…

새벽 숲

　새벽은 새로운 시작이다. 지난밤 어수선했던 꿈, 뒤척임을 치유하는 소금 같은 시간이다. 아침은 멀었는데, 새벽별은 아직도 머뭇거리고 있다. 머리가 아프다. 꿈속에서 알 수 없는 길을 밤새 돌아다녔다. 프로이트는 꿈을 '현실에서 만들어지는 허상과 불안의 존재의식'이라고 했다. 어젯밤 나는 끝도 보이지 않는 새벽 숲에서 끝내 빠져나오지 못했다.

공양

　친구와 가끔 다니는 절에 갔다. 천왕문 입구에 비스듬히 서 있는 단풍나무가 어제 내린 눈을 덮어쓴 채 하얗게 웃고 있다. 오랜만의 만남이라, 스님이 한 걸음에 달려 나온다. 꼭 잡은 두 손이 따스하다.

　동행한 친구는 스님과 요사채로 들어가고 나는 법당으로 향했다. 1월의 추운 날씨 때문이겠지만 문과 마주 선 등짝은 연신 찬바람이 들어온다. 108배를 시작했다. 50배를 넘어서자 이마에 땀이 맺힌다. 두툼한 겉옷과 조끼를 벗었다. 40여 분 만에 예불이 끝났다. 순간, 한기가 몰려온다.

　뜨끈한 온돌방에서 점심 공양하느라 밥상에 둘러앉았다. 삶은 호박을 갈아 양념했다는 김장김치가 입안에서 사각거려 겨울바람처럼 시원하다. 스님이 끓여온 청국장엔 하얀 두부가 섬처럼 점점이 박혀있다.

　스님은 나와 동갑인데도 따뜻하고 온화한 미소로 사람들의 하소연을 잘 들어주어 실제 나이를 가늠할 수 없다. 더욱이 조용하고 차분한 어조는 나의 논리정연한 말들을 매번 무색하게 만든다. 삶은 누구라도 스승이 될 수 있도록 깊고 깊은 지혜를 가르친다. 그것을 어떤 방법으로 활용해야 할 것인지는 각자의 선택일 뿐.

어둠

　친분이 있는 선생님이 모친상을 당했다며 연락이 왔다. 밖에는 모처럼 함박눈이 내리고 있다. 장례식장은 고인의 고향인 경기도 양평. 시계를 쳐다보니 저녁 8시를 넘어서고 있다. 밤길에 눈을 헤치며 가야 하나 말아야 하나 갈등하다 결국, 친구를 대동하고 출발했다.

　눈은 생각보다 일찍 그쳤다. 눈이 그친 하늘엔 별이 유난히 반짝인다. 죽은 이들이 하늘로 올라가 별이 된다던데, 오늘 돌아가신 그분도 별이 되었을까. 혹시 사람들은 별이 되기 위해 어둠과 싸워 죽음에 이르는 것은 아닐는지. 눈이 내린 강가는 가로등 불빛에 반사되어 고즈넉하다.

　장례식장은 시내 입구에 있다. 고인의 고향인 탓인지 연로하신 어르신들이 대부분이다. 장례식장 풍경은 즐거운 잔칫집 같다. 대부분의 문상객들이 웃고 떠들었다.

　문상을 마치고 밖으로 나오니 12시다. 눈길에 차가 밀려 도로에서 보낸 시간이 많은 탓이다. 그래도 바깥 풍경을 보며 지루하지는 않았는데, 다시 돌아갈 일을 생각하니 아득하다. 밖은 더 짙은 어둠이다.

 도로가 시원하게 열려 있다.

 새벽이 또 오고 있다.

꿈

어머니의 무거운 짐을 풀어 쉬게 해 줄 사람은
과연 누구였을까

결혼 후 여섯 해를 보낸 초겨울 밤이었다. 그날은 유난히 저녁때부터 친정어머니 생각이 그림자처럼 무겁게 드리우고 있었다. 그전까지만 해도 친정이 그리 먼 곳에 있지 않아 가끔 찾아가기도 했었는데, 홀로된 아버지가 고향으로 내려간 다음부터는 어머니에 대한 그리움이 더해졌다. 허름한 대문 밖, 문득 그곳에서 나직이 어머니를 불러보고 싶었다.

스물다섯 살이 되던 해 나는 결혼했다. 출가하기 전까지는 한 번도 부

모의 슬하를 떠나본 일이 없다. 그 때문에 결혼하고 몇 년은 줄곧 동생들
과 어머니 생각을 마음에서 떼어 놓을 수 없었다. 어떤 때는 길가의 행
상하는 아주머니만 보아도 친정어머니 생각에 눈시울 적시기 일쑤였다.

  그러던 어느 날, 퇴근길에 친정 동네에서 함께 지내오던 절친한 친구를
우연히 만나 밀린 얘기를 한참이나 하고 돌아왔다. 그래서인지 그날은 더
한층 어머니가 그리워졌던 모양이다. 저녁밥을 먹는 둥 마는 둥 편치 않
은 심사에, 늦도록 장사하고 돌아오셨을 어머니의 초라한 모습을 그려보
다가 까무룩 잠이 들었다.

  한없이 넓고 거친 들에 나 혼자 서 있었다. 지평선이 끝없이 펼쳐진 황무
지 한가운데인 듯싶었다. 굳이 그 느낌을 적어보라고 한다면 무한대지라
고 해야 할까. 가없이 넓은 들판이었다. 그렇게 이상스럽게 무한히 먼 저
쪽에서 내 앞까지, 또 내 앞에서 반대 방향으로 길은 끝없이 이어졌다. 그
렇다고 차가 다닌 흔적이 있는 것도 아니었고 다닐 만한 곳도 아니었다.
어쩌면 저렇게 먼 길이 있을까, 이 길의 끝은 도대체 어디일까 하는 생각
에 잠겨 먼 길 끝을 바라보았다.

희미한 작은 점 하나가 움직이고 있었다. 저것이 무엇일까 하고 바라보고 있는 동안에도 점은 점점 커져갔다. 사람의 모습이었다. 머리에 한없이 크고 무거운 짐을 이고 있는 중년 아주머니였다. 양손에는 땅에 질질 끌릴 정도의 보따리까지 들었다. 나는 작은 짐 하나라도 거들어줘야 하는 것 아닌가 싶어 아주머니에게로 다가섰다. 그러는 사이 아주머니의 그림자는 나와 더욱더 가까워졌다.

어떤 고달픈 사람일까, 누굴 찾아 나서는 길일까. 나는 자세히 얼굴을 들여다보았다. 그러다 소스라치게 놀라고 말았다. 그 아주머니는 바로 내 어머니가 아닌가.

"어머니 웬일이세요. 이 먼 길을 어쩌자고 떠나신 거예요? 그것도 혼자서요. 대체 머리에 얹은 짐은 어디로 가져가는 길이세요. 무거우니 제발 좀 내려놓으세요. 어서요!"

울고 싶은 심정으로 매달렸다. 그러나 어머니는 너무 무거운 짐을 이고 계셨는지 얼굴조차 돌리지 못했다. 처음엔 내가 누구인지 알아차리지도 못한 채 갈 길이 바쁘다는 듯이, 또 어떻게 보면 짐이 너무 무거워 잠시라도 머무를 수 없다는 듯이 길을 재촉했다. 아무리 큰소리로 어머니를 부르며 잡으려 해도 어머니는 막무가내로 내 손을 뿌리치며 길을 떠나려 했다. 도대체 어디를 가려고 그 엄청난 짐을 이고 나섰냐고 물어도 어머니는 빙그레 웃을 뿐 아무 대답도 하지 않았다.

순간 어머니가 저만치로 멀어져 갔다. 나는 소리치기 시작했다. 붙들어야 할 것 같았다. 이대로 놓치면 영영 볼 수 없을 것 같아 조바심쳤다. 하지만 내 목소리는 소리 없는 메아리처럼 속으로만 잦아들고 어머니를 따라가려던 발걸음은 천근만근의 무게로 단 한 발자국조차 뗄 수 없었다. 울며불며 소리치다 쳐다보니 어느새 어머니는 다시 하나의 점으로 변해 있었다.

"어머니!" 외마디 소리와 함께 눈을 떴다.

꿈이었다. 꿈을 깬 후에도 나는 한참 동안 잠을 이룰 수 없었다. 아직도 어머니의 모습이 사라지지 않은 것 같은데……. 하지만 확실히 꿈은 꿈이었다. 등골에 축축이 땀을 느꼈다. 다시 잠이 들 때까지 오랫동안 어머니 생각이 났다.

십 년이란 시간이 흘렀음에도 아직 꿈이 생생하다. 어쩌면 어머니의 일생이란 꼭 그 꿈과 같은 것이었는지도 모르겠다. 몇 번은 자살도 계획하시고, 어떤 때는 사는 것이 죽는 것보다도 싫다고 하시더니 쉰셋의 나이에 훌쩍 세상을 떠나셨다.

가만히 생각해 보았다. 도대체 어머니 머리와 손에 들려있던 그 무거운 짐들은 무엇이었을까. 혹여 누구도 대신할 수 없는 어머니가 지고 가야 할 삶의 무거운 짐들은 아니었는지. 그래서 무거울 테니 내게 맡기라고 손 내밀어도 뒤돌아보지 않고 가셨던 것인가. 그렇다면 그 무거운 짐을 풀어 쉬게 해 줄 사람은 과연 누구였을까. 이런저런 생각에 잠긴 채 나는 다시 잠이 들어 버렸다.

십 년 전 그날처럼.

미완의 세상

모든 열기를 털어내고 차라리 눈을 감아보자
어쩌면 참 평화는 이때에만 깨닫게 될지도 모르기에

　오늘도 지구 저쪽 이슬람의 땅 이라크에서는 화염과 절망과 비통의 소리가 들려오고 있다. 일찍이 그리스인들이 '두 강(유프라테스와 티그리스) 사이에 있는 땅'이라며 메소포타미아 (Meso=사이, potamos=강)로 이름 지었던 곳, 수많은 인류의 발길이 교차하며 문명의 꽃을 활짝 피우고 최초의 설형문자를 창안한 사람들이 살았던 곳, '눈에는 눈, 이에는 이'로 알려진 동태복수법사상을 기초로 최초의 법전 「함무라비」가 만들어진 곳. 지금 그 땅이 전쟁 중이다.

전쟁은 수많은 사람들과 삶의 터전을 죽음과 파괴의 제물로 만들어 버린다. 그런데 그 죽음의 땅 한가운데로 우리의 청년들을 보내려 하고 있다. 미국의 요청에 의해 정부가 파병하기로 결정한 것이다. 처음엔 의료지원단만 파견하겠다고 발표하더니 며칠 사이에 수백 명의 건설, 공병대까지 확대되었다.

전쟁으로 평화를 살 수는 없다. 아무리 국익을 위한 것이라지만 예전의 파병에서 보듯 어떤 전쟁에서도 우리 청년들이 흘린 피만큼의 대가는 없었다. 아프간 전쟁 때도 그랬고 월남전에서도 30만의 병사들을 파병했지만 그 전쟁으로 우리가 얻은 것은 꽃다운 청년들의 목에 걸린 군표 그리고 가족들 가슴에 맺힌 상처뿐이다.

월남전이 한창이던 유난히 더운 여름날, 군에서 복무 중이던 삼촌이 휴가를 나왔다. 안방에서는 할아버지의 한숨소리와 삼촌의 나지막한 목소리만 간간이 들려왔다. 할아버지의 목소리가 들린 건 삼촌이 안방으로 들어간 지 꽤 오랜 시간이 흐른 뒤였다.

"꼭, 가야 하는겨?"

다음날 아침 삼촌은 복귀해야 한다며 집을 떠났다. 결국 월남 파병을 지원한 것이다. 스물을 갓 넘긴 삼촌은 내게도 희미하게나마 기억으로 남아 있다. 얼마 후 월남에 도착했다며 부쳐온 사진 속의 삼촌은 커다란 구렁이를 목에 감고 있거나 혹은 정글의 야자수 아래에서 동료들과 웃고 있는 모습이었다. 그 후로 활짝 웃고 있는 삼촌의 검게 그을린 얼굴과 정글의 배경 사진을 몇 번인가 더 받았다.

삼촌이 월남으로 떠난 지 1년. 부대 이름이 백마부대라고 했던가. 가지 말라던 할아버지의 손을 뿌리치고 몸 성히 다녀오겠다며 손 흔들던 건장한 아들 대신 할아버지께 돌아온 것은 군사우편 한 장이 전부였다.

할아버지는 말을 잃었다. 농사도 접은 채 휑하니 어디론가 나갔다가는 저녁이 되어서야 돌아오셨다. 그러다 끝내 아무 말도 없이 불현듯 집을 나가 버리셨다. 손바닥만 한 시골에 갈 곳이 어디 있다고 온 동네 구석구석 남의 집 뒷간까지 뒤졌는데도 할아버지의 모습은 보이지 않았다.

일주일쯤 지났을까, 저수지 윗동네에 사는 아주머니가 할아버지를 찾은 것 같다며 알려왔다. 할머니는 그곳이 어디냐고 묻지도 않았다. 우리는 저수지로 달려갔다. 동생과 할머니의 손을 꼭 잡은 채 멀찌감치 멈춰 섰다. 사람들의 웅성거림만 들릴 뿐 처음에는 정확히 무엇인지 몰랐다. 순간 할머니의 잡은 손을 놓쳐버려 어쩔 수 없이 물가로 내려섰다. 나는 그 자리에서 꼼짝할 수가 없었다. 물가에 가지런히 놓인 하얀색 고무신 한 켤레가 마치 할아버지가 살아오신 것처럼 무서웠다.

아마도 할아버지는 아들의 죽음을 쉽게 받아들이지 못했으리라. 세월이 흐르는 동안 체념이라는 약으로 어느 정도 치유가 됐을 텐데도 할아버지는 천 길 낭떠러지로 내던져지는 헤어짐의 아픔을 끝내 이겨내지 못한 것이다.

분명 슬픔은 사람에게 '화'로 다가온다. '화'는 곧 분노로 이어지고 분노는 보이는 것이든 보이지 않는 것이든 또 다른 상처를 만들게 되니 부메랑처럼 다시 돌아올 수밖에 없음이다. '화는 모든 불행의 근원이니 화가 풀리면 인생도 풀린다'는 어느 노스님의 말씀도 있지만, 마음의 분노를 삭이는 것이 어디 그리 쉬운 일인가. 아마도 할아버지는 그 마음의 화병을 이겨내지 못하고 결국 당신의 목숨과 맞바꾼 것이다.

국회에서는 파병이 결정되었다. 국익을 위하여 이국의 전쟁에 나섰던 수천 명 월남전 전사자들의 고귀한 희생이 잊혀 가는 지금, 파병의 결정이 얼마나 많은 사람들에게 또 다른 상처를 남기게 될지는 두고 봐야 할 일이다.

우리가 사는 세상은 미완이다. 그곳에 사는 우리 또한 미완이다. 그러한 인간들이 사는 곳이기에 언제나 문제가 있고 갈등이 있고 대립이 있기 마련이다. 그렇다고 전쟁으로 해결하는 것만이 방법은 아님을 떠올리자. 대화야말로 가장 인간적인 방법이기 때문이다. 이 대화를 통하여 타협의 길을 찾는 것이 문명인의 도리가 아닐는지. 타협은 나도 살고 너도 사는 공생공영의 길이다. 산다는 것은 타협하는 것이 아니겠는가.

진정 평화는 손닿지 못하는 곳에 있을까. 모든 열기와 소란들을 털어내고 차라리 눈을 감아보자. 어쩌면 참 평화는 이때에야 깨닫게 될지도 모르는 것이기에.

금줄을 만나다

어쩌면 까맣게 잊고 있었는지 모른다.
우리는 마음을 나누고 정을 나누었던 사람이었다는 사실을.

   금줄을 보았다. 모처럼 친구와의 점심 약속을 전통 농원으로 정했는데 마침 그곳 장독대에 금줄이 쳐 있는 것을 보게 된 것이다. 구수한 된장찌개와 청국장 맛도 근사했고 수천 개의 항아리도 놀라웠지만 사람들이 근접하지 못하도록 길게 쳐놓은 금줄을 만난 것은 새삼 반가운 일이었다.
   어린 시절을 보낸 나의 고향은 전형적인 시골마을이었다. 그래서 금줄을 발견한 것이 유난히 반가웠는지도 모르겠다. 금줄은 아기를 출산했을 때 삼칠일(三七日) 간 외부인의 출입을 막아 아기가 무탈하기를 바라는 산기(産忌)의 표시로 대문 앞에 달았다. 금줄이 걸리면 동네 사람들은 스스로 출입을 자제하고, 아기의 무사함을 기원했다. 또한 일 년에 한 번 정월대보름 경, 마을 동제(洞祭)를 지낼 때도 쓰였다. 제사를 지내기 전 제주(祭酒)의 집, 동네 어귀에 있는 서낭당과 느티나무 그리고 우물에 금줄을 치는 것이다. 어린 마음에 그곳을 지날 때면 괜히 무섭기도 하고 혹시라도 서낭당에 들어가면 '부정 탄다'는 어른들의 말에 감히 접근할 엄두도 내지 못했다. 금줄은 그 자체로서 신성함과 두려움의 대상이었던 셈이다.

　금줄은 어느 곳에 걸든지 그곳이 신성한 곳임을 의미한다. 물론 좋지 않은 기운의 출입을 제한하는 것이다. 장독대에 금줄을 돌려놓는 것 역시 같은 뜻이다. 장을 담그는 일은 그 집의 식생활을 좌우하는, 아주 중요한 일이었다. 장을 담가 잘 익느냐, 그렇지 못하느냐가 그 집 식구의 일 년간의 식생활을 좌우하기 때문이다. 그래서 부녀자들은 장 담그는 일을 매우 중요시하였고, 장 담그는 솜씨를 며느리에게 전수하였다. 민간에서는 장

맛으로 그 집안의 내력과 가풍을 안다고 하였고, 장맛이 변하고 변하지 않음을 보아 그 집안의 유고(有故)·무고(無故)를 가늠할 수 있었다고 한다. 이렇게 중요한 집안 행사인 장을 담그고 나서는 부정 없이 잘 익기를 바라는 뜻에서 장독에 금줄을 둘러놓았던 것이다.

금줄은 우리 잠재의식의 밑뿌리에 자리 잡고 있는 독특한 문화였다. 새끼를 꼬아 걸쳐놓는 행위에 공동체가 지켜야 할 도덕과 윤리 의식이 담겨 있기 때문이다. 결국 금줄은 이웃을 배려하고 이해하는 마음, 하지 말아야 할 것과 지켜야 할 것에 대한 무언의 약속이었던 셈이다.

요즘 새삼 인터넷이 뜨겁다.

'저작권 위반 과태료 3회시 사이트 폐쇄' 입법예고,

'명예훼손 글 삭제 않으면 포털 처벌'.

'사이버 모욕죄 신설'

정보화 사회에 가장 대표적인 것이 인터넷이다. 인터넷은 자유로운 공간이고 이 자유로움을 바탕으로 발전해 온 것이 우리에게 자산이 되었음은 분명하다. 그러나 문제는 인터넷을 사용하는 사람들의 도덕성이다. 자유로운 의사 표현의 명분을 앞에서 허위 글을 게재하고, 개인의 사생활을 침해하며 때론 진실을 왜곡시키고 있다. 불법과 무질서가 난무하고 있는 것이다. 사실 우리나라는 세계에서 가장 앞선 인터넷 환경을 보유하고 있다. 그럼에도 인터넷을 통한 의사 표현의 자유와 한계라는 새로운 장애물 앞에서 심각하게 고민 중이다.

권리는 도덕적 의무를 동반한다. 자유로운 의사 표현의 자유는 자신의 권리이다. 그러나 타인의 권리 즉, 침해받지 않을 권리를 무시하는 행위는 도덕적 의무를 지키지 않는 것이다. 그럼에도 익명성을 이용하여 편파적인 비판과 자신만의 의견을 무조건적으로 주장하는 것은 지나친 이기주의의 소산이다. 우리는 길을 건너야 할 때, 걸음을 멈추고 신호등을 바라본다. 그리고 녹색 등이 켜지기를 기다린다. 그것은 보이지 않는 약속이며 의무이다. 또한 선(善)의 실천이다. 선은 눈에 보이지 않는다. 그러나 보이지 않는다 하여 존재하지 않는 것은 아니다. 약속을 어기고 경계를 넘어가면 자신은 물론이고 타인에게도 피해가 된다는 것을 알고 있기 때문이다.

친구와 농원을 걸어 나오며 장독대에 쳐 놓은 금줄을 다시 보았다. 금줄에 출입 금지라고 써 놓은 것도 아닌데 누구도 그 장독대에 들어가지 않았다. 수천 개의 항아리를 구경하려면 금줄을 넘어가야 하는데도 사람들은 그 금줄을 넘어가지 않는 것이다. 어쩌면 우리는 까맣게 잊고 있었는지도 모른다. 나만을 위해서가 아니라 우리는, 우리를 위해 마음을 나누고 정을 나누었던 사람이었다는 사실을 말이다.

바람에 풍겨오는 청국장 냄새가 구수하다.

힐끗 쳐다보는 금줄에 빨간 고추가 대롱대롱 매달려 있다.

한 사람을 보내는 일

한 세상을 살아가는 일
어차피 혼자서 겪어 나가야 할 고독한 수행이거니

　평생 살아가면서 겪는 고통은 헤아릴 수 없이 많다. 그 가운데서도 가장 쓰리고 살점을 도려내는 아픔은 무엇일까. 아마도 사랑하는 사람의 죽음일 것이다. 그 아픔은 우리가 살아가는 데 있어서 어쩔 수 없는 시련의 일부분이라고 해도 쉽게 인정할 수 없다. 삶에는 부상(負傷)이 따라온다는 것을 안다. 하지만 삶에 입혀진 상흔이 얼마나 우리를 힘겨운 시험에 들게 하는지는 아무도 모를 것이다. 그 고통의 한 가운데 있어보지 않았다면…….

 부음을 전해 들은 것은 막 퇴근 한 후였다. 핸드백을 내려놓지도 못하고 한참을 동상처럼 서 있었다. 그를 마지막으로 본 것이 언제였던가. 야윈 모습에 희미한 웃음을 보이던 그를 남편과 나는 한 달 전쯤에 만났었다. 남은 시간이 그리 많지 않다는 걸 아는 그는 회한이 가득한 지난 일들을 기억하는 데 열중했다. 왜 그렇게 떠돌며 살아야 했는지, 왜 아내를 버려두었는지 많은 생각을 하고 있다고 했다. 오히려 병으로 인해 부족했던 자신을 뒤돌아 볼 수 있는 시간을 갖게 되었다며 활짝 웃던 그가 기어코 떠나간 것이다.

 장례식장으로 가는 길은 온통 어둠뿐이다. 불 꺼진 무대처럼 검은 커튼이 내려지고 열정적으로 공연하던 배우는 영영 나타나지 않는 세상의 연극 무대. 나는 그 빈 객석에서 오지 않는 배우를 기다리는 심정이었다. 왜 그렇게 일찍 가야 했을까. 철없는 벌거숭이 아이들과 그를 위해 애쓰며 살아가던 안쓰러운 아내 그리고 유일한 혈육을 먼저 보내게 된 부모님. 이 모든 미련을 두고 어떻게 돌아설 수 있었는지. 그를 데려간 죽음의 신은 참으로 잔인하기도 하다.

내가 그를 처음 만난 건 18년 전이다. 그는 남편의 절친한 친구였다. 결혼은 다른 친구들에 비해 조금 늦었다. 집들이에서 본 그의 아내는 내성적인 그보다 훨씬 싹싹하고 밝아 보였다. 그 후 남매를 두었지만 집안의 가장 역할을 하는 건 늘 그의 아내 몫이었다. 이런저런 사업 때문에 집보다는 밖에 나가 있는 시간들이 훨씬 많았기 때문이다. 하지만 사업은 항상 실패했고, 여유 있던 집안도 갈수록 기울어갔다. 그러던 어느 날, 중국에서 추진하던 사업이 잘못되어 집에서 쉬고 있던 그가 복부에 통증을 호소했다고 한다. 급히 병원으로 옮겨졌지만 이미 그는 청천벽력 같은 대장암 3기라는 선고를 받고 말았다.

장례식장에는 온통 살아있는 사람들뿐이다. 당연한 일이지만 그 풍경이 낯설다. 세상은 이렇게 순환하는 것이라는 걸 증명하듯 낯익는 사진이 눈에 들어왔다. 그였다. 그는 웃고 있었다. 착하다는 말을 제일 싫어했는데. 착한 사람은 뭔가 부족한 사람이라며 허허 웃던 그가 저만치에서 나를 바라보고 있다. 감색 양복이 잘 어울린다. 사진 속의 그는 평소보다 훨씬 밝은 모습이다.

그의 아내가 동그마니 앉아 있다. 시부모님께서 병중이라 임종은 혼자 지켜봤다고 했다. 마지막 모습은 평생 가슴에 떠나지 않는다고 하는데 남편을 편히 보낼 수 있어 다행이라고 그녀는 하얗게 웃었다.

문득 말의 한계가 있음을 깨닫는다. 어떤 위로의 말도 혼자가 된 시간에는 필요치 않다는 것을 나는 이미 알고 있다. 떠나기 전, 그가 삶에 입혀진 상처들을 꺼내 치료하고 용서를 구하고자 했던 것처럼 무심했던 나도 그에게 용서를 구한다.

인간이 느끼는 최대의 공포와 절망이 죽음이라는 것은 누구나 알고 있다. 그런데 언젠가는 가야 하는 길인 것도, 그 한 번의 길이 마지막 길이라는 것도 우리는 망각하며 살고 있다. 자신과는 아무 상관 없는 일처럼……

오늘도 권력과 명예를 이용한 대단한 사람들의 뉴스가 신문을 커다랗게 장식했다. 그 사람들은 알고 있을까. 매일매일 한 걸음씩 죽음의 길로 다가서고 있다는 것을, 영화와 부귀를 죽음의 순간까지 꿈꾸고 있다는 것을 말이다.

 혼자 서서 먼 발치를 내다보고 있는 사람이 있다면 가만히 놓아둘 일이다. 무엇을 보고 있느냐, 누구를 기다리느냐 굳이 묻지 마라. 혼자 서 있는 그 사람이 혹시 눈물 흘리고 있다면 왜 우느냐고 묻지 말 일이다. 굳이 다가서서 손수건을 건넬 필요도 없다. 한 세상을 살아가는 일. 한 사람을 사랑하는 일은 어차피 혼자서 겪어나가야 할 고독한 수행이거니

 -이정하 「혼자」-

 그리고 마흔세 살의 한 사람을 보내는 일도.

ANDANTE

찻잔에 차를 따라 향기를 음미하며
지그시 눈을 감아본다. 세상은 조용하기만 하다.

　스님은 저승꽃이 피었다고 했다. 얼굴에 퍼져있는 검버섯을 저승꽃이라며 무심하게 말씀하시는 스님은 팔순의 연세에 비하면 아직 건강하신 편이다.
　17년 전, 시어머님께서 돌아가신 후 화장하여 평소 다니시던 절에 모셨다. 삼우제와 사십구재를 지낸 이후로 명절이면 빠짐없이 절에 들렀으니 스님과 인연을 맺은 지도 꽤 오랜 세월이 흘렀다. 이번 명절에도 차례를 지낸 후 절에 들러 스님을 뵈었다. 점심 공양하고 가라는 스님의 말씀에 간소한 절 밥을 맛있게 먹었다. 차를 한 잔 주신다기에 선방에 따라 들어 갔다. 스님께서 내게 나이를 물으셨다. 답변을 했는데도 한참 동안 말씀 이 없다. 더군다나 차를 우려내는 시간이 길어지자 나는 그 사이를 참지 못하고 결국 한 마디 하고 말았다.

"꽤 오래 걸리네요."

차를 따르던 스님이 가만히 쳐다보며 웃으신다.

"서두르지 말고 살아……."

국화꽃 향기가 그윽하다. 그날 돌아오는 길에 스님께서 주신 국화차다. 작은 찻잔 속에 따뜻한 물을 부으니 노오란 꽃봉오리가 봄처럼 활짝 피었 다. 코 끝에 풍기는 싸한 국화향이 온몸으로 전이된다. 정식으로 다도(茶 道)를 배운 적은 없다. 귀동냥으로 전해 들은 방법으로 차(茶)를 마실 뿐 이다. 한 잔의 차를 마시기 위해 형식을 갖추고 예의를 따른다면 더욱 좋 겠지만 잠시 긴장을 풀 수 있고 지친 일상에 활력을 불어 넣을 수 있다면 각자 편리한 대로 하면 된다고 생각한다. 사실 다도를 배울 만큼 시간적

여유가 아직은 없다. 하지만 때론 심신이 피곤할 때 혹은 마음을 다스릴 때 마시는 차는 분명 훌륭한 치료약임에 틀림없다.

예전의 나는 커피를 자주 마시는 편이었다. 말을 많이 해야 하는 직업 탓이다. 유난히 많이 마신 날에는 속이 메스꺼워 울렁거릴 때도 있다. 커피를 조금 줄여야지 하지만 결국엔 또다시 커피를 찾고야 만다. 항상 속 쓰려 하는 내게 남편은 신경성일 거라며 마음부터 다스리라고 했다. 성질이 급한 데다 무슨 일이든 속전속결로 해치우려는 욕심 탓에 가만히 앉아 쉴 틈이 없기 때문이다. 사실 속 쓰림이 커피 탓인지 불규칙적인 식습관 탓인지는 확실치 않다. 위장약도 꽤 오랫동안 복용했다. 어쨌든 피곤한 몸과 지칠 대로 지친 빈속에 애꿎은 커피만 자꾸 마시다가 속 쓰림만 더해지는 악순환의 연속이다. 그래서 조금 번거롭기는 하지만 부드럽고 편안한 차를 마시려고 노력 중이다.

차(茶)는 본래 차 나무의 어린잎을 따서 만든 것이다. 성분이 차기 때문에 행실이 깨끗하고 덕망이 있는 사람이 마시기에 적합하다고 당나라 현종 때 육우가 지은 『다경(茶經)』에 적혀 있다. 그렇다고 차를 마시는 내가 선하며, 고고하게 덕을 쌓고 산다는 말인가. 내 성격은 지나치게 직선적이며 솔직하다. 그래서 쓰지도 달지도 않은 중간은 싫어한다. 그럼에도 밋밋한 차에 끌리는 것은 무슨 연유에서일까. 『다경(茶經)』에서 다도는 중용검덕(中庸儉德)이라 했다. 중용이란 '어느 쪽으로 치우치거나 모자람이 없이 알맞은 일'이며, 검덕이란 '검소한 마음가짐'이란 의미다. 그래서 간혹 일상사에 번민하거나 두통에 시달릴 때 마시는 차 한 잔은 탁월한 효과가 있나 보다.

　처음 차를 마시기 시작할 때에는 커피잔을 이용했다. 차를 담는 그릇이 어떤들 무슨 상관일까 싶었다. 그러다 지인들과 강화도 산사에 갈 기회가 있었는데 산 중턱에 있는 찻집이 인연이 되었다. 그곳에 진열된 다기들이 나를 사로잡은 것이다. 창문 너머로 불어오는 봄바람 탓이었는지, 그 바람에 흔들리던 풍경(風磬) 때문이었는지는 모르겠지만 흙벽의 거친 질감과 담백한 다기의 색감이 묘하게 어울렸다. 집요하게도 흑백의 무채색을 좋아하는 내가 부지불식간에 풀빛을 닮은 중간 색감에 빠진 것이다. 그 찻잔 속에서야말로 차는 제 색깔과 제 향내를 마음껏 보여주고 있었다.

그런데 막상 다기를 장만하려 하니 생각보다 종류가 많았다. 우선 찻물을 끓이는 데 쓰는 주전자와 잎차를 우려내는 다관이 있다. 다관은 위에서 잡을수 있는 주전자형 손잡이를 말하는데, 나는 손잡이가 옆에 있는 자루형 다병을 구입했다. 특히 자루형 손잡이는 남자의 성기 모양에서 따왔다고 하길래 의미심장한 눈길로 바라보기도 했다. 그리고 끓인 물을 식히는 숙우라는 그릇도 있다. 끓인 물을 숙우에 담아 적당히 식으면 찻잎을 담은 다관에 붓고 차를 우려내는 것이다. 그 외에도 잎을 거를 수 있는 거름망과 물 버림 사발인 퇴수기, 찻상에 까는 삼베나 무명천으로 만든 차포까지 준비하면 기본은 갖춘 셈이다. 그렇다고 해서 다도의 경지에 오른 것은 아니다. 그저 밤늦도록 공부하는 큰아이에게는 머리가 맑아지는 국화차를, 작은 아이와 남편은 대나무 잎과 메밀을 섞은 메밀차를 그리고 나는 작설차를 가끔 마실 뿐이다.

　요즘 우리들 삶을 지배하고 있는 것은 속도전이다. 그래서 우리가 살고 있는 세상은 '직선의 세계'이다. 도로도 직선이고 집도 직선이며 심지어는 생각도 직선이다. 직선은 우회하고 돌아가야만 하는 곡선의 비효율성을 최소화시킨다. 결국 우리는 그 효율성의 계산 덕에 직선의 길을 선택할 수밖에 없다.

　어렸을 적에 나는 유난히 잘 넘어졌다. 성질이 급한 탓인지 서두를 일이 아닌데도 천천히 걷는 법이 없었다. 그러다 보니 돌부리에 채이거나 문지방에 걸려 넘어지는 횟수가 많았다. 스님께서 내게 차를 선물한 이유를 안다. 안단테, 안단테. 이제는 조금 천천히 살아가라는 마음이실 게다. 바쁘게 살고 있는 지금 그래서 뛰어갈 수밖에 없는 내게, 스님은 여유와 느림이 필요하다고 생각하신 모양이다.

　물이 끓는다. 천천히 물이 식기를 기다려 찻잎을 넣고 차를 우려낸다. 찻잔에 차를 따라 향기를 음미하며 지그시 눈을 감아본다

　세상은 조용하기만 하다.

행복의 함수

결국 꿈이다.

준비된 꿈은 행운을 윤택한 삶의 행복으로 이끄는 원동력이 된다.

사람들은 누구나 꿈을 꾼다. 그래서 간혹 복권을 사기도 한다. 혹시 모를 엄청난 행운이 자신에게 올지도 모른다는 생각에서다. 그렇다고 해서 그러한 사람들의 꿈을 허황된 것으로 치부할 수는 없다. 손이 닿으면 무엇이든 황금으로 변하는 마이다스의 손처럼 뒷날 엄청난 후회의 늪 속에 빠져 허우적거릴지라도 원대한 꿈을 져버릴 수는 없는 것이다. 사실 차곡차곡 일한 대가를 받아 저축해서 집 한 채를 장만할 수 있는 길은 이미

요원하다. 어쩌면 그래서 우리는 자꾸 이룰 수 없는 꿈을 꾸려고 하는지도 모른다.

　주변의 지인 한 분이 부동산으로 돈을 벌어 보겠다며 경매에 열심히 참석한다는 소식을 들었다. 그리고 몇 달 후 요지의 아파트를 시세보다 싸게 낙찰받았다며 자랑삼아 연락이 왔다. 과연 그는 부동산으로 부자가 되려는 꿈을 조금이나마 이룬 것일까. 어쨌든 나도 부자가 되려는 꿈을 오늘도 꾸고 있다.

　얼마 전, 5천만 원의 전 재산으로 1~2년 안에 10억을 만들지 못하면 죽기로 약속한 어느 부녀가 전 재산을 주식 등에 투자했다가 빚만 지게 되어 자살한 사건이 있었다. 요즘 인터넷 카페 검색어로 1위를 차지하는 것도 '10억 만들기 카페'이다. 10억을 벌 수 있다는 목표를 위해 서로 정보를 공유하며 이를 실행해 보는 것이다. 모든 돈을 한 사람에게 몰아주는 제로섬(Zero-sum) 게임인 10억 만들기, 그것에 열망했던 대다수의 샐러리맨들에게 과연 10억이라는 숫자가 상징하는 의미는 무엇일까.

　대한민국에서 평범한 사람으로 살면서 10억을 가진 부자가 되는 일은 불가능하다. 사실상 서민들에게 10억 만들기 현상은 돈 자체를 번다는 목적보다는 스스로의 미래, 특히 안정적인 경제생활을 유지할 수 있는 경제적 자유를 얻는다는 것을 의미한다. 결국 잘 먹고 잘 사는 풍요로움을 추구하는 웰빙(Well-being) 현상과 함께 붐을 이루었던 10억 만들기 현상은 정신적 풍요를 위해 우선 선행되어야 하는 것이 경제적 안정임을 보여주고 있는 것이다. 돈이 있어야만 가능한 웰빙을 추구하기 위해, 아침형 인간이 되어 10년 안에 10억을 만드는 목표로 살아가는 대다수 직장인들의 현실은 어찌 보면 보장받지 못하는 미래에 대한 불안감에서 시작되었는지도 모른다.

　나 역시도 가끔 복권을 산다. 복권을 사면 일주일이 정말 행복해진다. 만약 수백억에 당첨되는 엄청난 행운이 내게 주어진다면 그 돈으로 과연 무엇을 할까. 우선 형제들에게 얼마간의 목돈을 나누어주고, 그리고 지금보다 더 큰 집을 장만한 다음 차도 바꾸어야겠지. 음, 그리고 시설이 완벽한 실버타운을 지으면 어떨까. 홀로 계신 친정아버지도 그렇고, 우리 부부도 들어가 살아야 할테니. 아니면 희귀병 환우들을 위한 병원을 지으면 어떨까. 간호하는 가족을 위한 아파트까지 지으면 더더욱 완벽할 텐데. 이쯤 되면 거의 황홀지경이다. 그야말로 일주일 동안 수많은 빌딩과 집이 지어졌다 허물어졌다 하는 것이다.

사실 주말에 복권 숫자를 맞춰 볼 겨를이 내겐 없다. 주말에도 학생들을 지도해야 하는 직업을 가진 탓이다. 가끔 같이 있는 선생님들이 면박을 주기도 한다. 무슨 여자가 복권을 사러 다니냐고 말이다. 하지만 그게 무슨 상관일까. 복권방 문을 열고 들어설 때의 아주머니 시선이 조금 당혹스럽기는 하지만 복권으로 인해 즐기는 짧은 행복을 생각하면 감수할 만한 일인 것을.

오늘도 우리는 여전히 꿈을 꾼다. 그리고 꿈을 깬다. 손이 닿으면 변하는 이구아나의 빛깔처럼 아무리 원대한 꿈이라도 이루어지는 순간, 꿈은 현실의 문제로 변해 버린다. 부자가 될 거라는 인생 목표는 아무리 '수단은 목표를 정당화시킨다'고 하더라도, 사실상 목표와 수단이 전도된 현상이다. 모든 사람들은 부(富)가 아니면 행복을 누릴 수 없다고 생각하는 착각에 빠져있다. 그러나 돈만이 목적이 되어 삶을 윤택하게 만드는 수단으로서 돈의 사용가치를 잊고 산다면 피폐해져 버린 자신의 삶을 발견하는 데는 그리 오랜 시간이 걸리지 않을 것이다.

어느 날 자고 일어나니 찾아왔다는 느닷없는 행운은 사라지기 쉽다. 부자가 되려는 꿈이 일장춘몽(一場春夢)으로 끝나지 않기 위해서는 많은 준비가 필요하다. 결국 꿈이다. 준비된 꿈은 행운을 윤택한 삶의 행복으로 이끄는 원동력이 되기 때문이다. 숫자에 불과한 억이란 돈의 액수보다 억 이상의 꿈을 인생의 목표로 설정하는 것이 가치 있는 일이다. 그러기 위해서는 80년대 한 노동 시인이 말했듯 '게으른 영혼이 아니라 꿈을 꾸는 몸'으로 움직일 필요가 있다.

행복은 생활과 더불어 있음을 상기하자. 무슨 일을 하는지는 중요하지 않다. 일할 수 있는 건강한 육체와 미래를 향한 꿈을 위해 힘차게 나아가는 하루하루의 일상성에 진정한 행복이 있음을 떠올리면 되는 것이다.

죽음, 그 향기로운 유혹

봄의 향기가 물결처럼 일렁인다.
낙화가 일러주는 죽음의 향기에 취해 생과 사를 넘나드는…

"우울한 일요일 / 내가 흘려보낸 그림자들과 함께 / 내 마음은 모든 것을 끝내려
하네 / 곧 촛불과 기도가 다가올 거야 / 그러나 아무도 눈물 흘리지 않기를…… /
나는 기쁘게 떠나간다네 / 죽음은 꿈이 아니라 / 죽음 안에서 나는 당신에게 소홀
하지 않네 / 내 영혼의 마지막 호흡으로 당신을 축복하리……"

 전 세계를 죽음으로 몰아넣은 자살의 송가, 글루미 선데이(Gloomy

Sunday). 이 노래를 작곡하고, 결국 그 역시 부다페스트의 한 빌딩에서 투신자살한 작곡가 레조 세레스는 이런 말을 했다. "나는 내 마음속 모든 절망을 이 곡의 선율에 눈물처럼 쏟아냈다. 나와 비슷한 처지에 있는 사람은 잊었던 상처를 스스로 발견할 것이다."

레조 세레스의 눈물과 그 눈물에 깃든 상처가 오선지마다 슬픈 향기로 배어나서일까. 레코드가 출시된 지 8주 만에 헝가리에서만 187명이 자살한 것을 시발로, 이 노래에 얽힌 극적인 죽음의 일화는 60여 년 동안 전 세계를 떠돌았다. 대체 이 노래에 담긴 그 무엇이 사람들을 죽음으로 이끌고 있는 것일까. 왜 수많은 사람들이 이 노래에 깃든 죽음을 예찬하고 있으며, 우린 왜 여전히 그 죽음의 치명적인 유혹에 매혹돼 있는 것일까.

요즘 들어 인생살이의 의식에 초대받을 때가 제법 많아졌다. 백일과 돌잔치, 결혼식과 환갑, 그리고 장례식. 다른 의식은 몰라도 장례식만큼은 빠지지 않고 참석하는 편이다. 내 나이 삼십도 되기 전에 떠나보낸 시어머니와 친정어머니의 잔영이 남아 있어 서기도 하지만 죽음이야말로 자신을 가장 겸허하게 돌아보는 사건이기 때문이다. 역설적으로 들리겠지만 남의 죽음은 내 삶, 내 죽음의 정체에 대한 또 다른 확인이기도 하다. 또한 '죽음을 통해 삶을 어떻게 볼 것인가'라는 다소 형이상학적으로 보이는 물음으로부터 시작해 죽음은 어찌 보면 해답 없는 질문이 아닌가 한다.

나 역시 자살을 꿈꾼 적이 있다. 지금 생각해 보면 아주 사소한 일이었는데도 그때의 나는 참으로 다혈질의 성격을 지니고 있었는지, 뒤도 돌아보지 않고 한강으로 달려갔다. 모순 투성이의 세상 속에서 나의 진실을 알릴 수 있는 방법은 하나뿐인 생명을 던지는 일이었다. 그래서 그들이 나를 기억할 때마다 후회와 죄의식 속에 살아가게 하는 것이 내가 할 수 있는 최선의 저항이라고 여겼다.

물가에 내려섰다. 가지런히 구두를 벗어놓고 짧은 편지도 한 장 써서 핸드백 속에 넣었다. 혹여 내 죽음이 의미가 없어지면 어쩌나 하는 기우에 나름대로 해명의 글을 써 놓은 것이다. 발끝에 닿는 강물이 사람들의 이기적인 마음처럼 차가웠다. 나 하나쯤 세상에서 사라진다 해도 아무 일도 없다는 듯 시간은 흐를 테지. 나의 존재도 금세 잊혀지리라. 강바람이 유난히 춥게 느껴졌다. 선뜻 거리는 강물의 차가움이 종아리까지 밀려들었다.

그 순간 심한 통증이 일었다. 태동이었다. 내 몸에 새로운 생명이 숨 쉬고 있다는 사실을 까맣게 잊고 있었다. 아기는 계속해서 내게 신호를 보냈다. 나는 그만 주저앉아 펑펑 울고 말았다. 순간의 충동으로 아기를 잃을 뻔한 것이다. 문득 집에 가고 싶었다. 우습게도 따뜻한 아랫목과 밥 냄새 풍겨오는 집이 그리워진 것이다.

우리 모두는 이 시대의 치열한 삶의 경쟁 속에서 하루하루를 살아가고 있다. 조직 사회라는 거대한 톱니바퀴의 한 부분으로서 날마다 시달리면서도 어떻게든 발버둥 치며 살아가고 있는 것이다. 그곳에서 이탈할 수도 없다. 이탈은 곧 생존 경쟁에서의 탈락을 의미하기 때문이다. 또 자신과 가족들을 위해서라도 이탈해서는 안 된다. 아무리 힘들고 고통스럽더라도 참고 견디며 살아가야 한다. 그러나 나는 그 치열한 삶의 톱니바퀴에서 이탈하려고 했다. 세상과 싸워 이겨내려는 삶을 포기하고 죽음을 선택한 것이다. 그렇지만 결국 실행에 옮기지는 못했다. 간혹 어떤 사람들은 말한다. 죽음을 선택하는 사람들은 용기 없는 패배자일 뿐이라고. 하지만 내 경험상, 죽음을 선택하는 행위는 분명 대단한 용기가 필요한 일이었다.

인간은 모순과 부조리에 대해 반항할 수밖에 없는 이성을 가지고 있다. 그리고 그것이 제대로 해결되지 못할 때, 또 그로 인해 갈등과 고뇌가 멈추지 않을 때 죽음을 스스로 선택할 수 있는 집요하면서도 자학적인 이성마저도 갖고 있다. 그래서 반항하고 싶은 인간으로서의 충동심, 현실의 모순과 부조리에 대한 도전, 불가항력적인 상황에 대한 절망과 갈등으로 이제까지 많은 사람들이 스스로 목숨을 끊었고 또 지금도 죽어가고 있는 것이다.

봄의 향기가 물결처럼 일렁인다. 어쩌면 우리는 낙화가 일러주는 죽음의 향기에 취해 한동안 생과 사를 넘나드는 환상에 빠져 헤어 나올 수 없을지도 모른다.

길 옆 흙더미 사이로 새파란 풀들이
세상을 향해 얼굴을 내밀었다.
시간의 바람을 따라 가노라면 잡풀의 꽃향기처럼 매운 향내 풍기는
삶의 참멋을 보는 눈이 떠지려나.

바람 이야기

우리 모두는 바람이다.

바람 속에서 조금씩 낡아가는 허름한 간이역 대문 같은

바람이 불어온다.

어린아이에게는 감미로운 단잠 들게 하는 바람이며, 가볍게 늘어진 내 치맛단에 부드러움을 전해주는 봄바람, 따사로운 4월의 미풍이다. 그러나 이 바람이 어디서 시작되었는지 또 어디로 떠나는지 우리는 알지 못한다.

신화에 보면 바람은 네 형제라고 한다. 새벽의 여신 에오스가 바람의 종족인 티탄족의 아스트라이오스와 정을 맺어 낳았다고 전해진다. 그들 바

람 형제들의 이름은 늦가을부터 이른 봄까지 바다 위를 휘몰아치는 북
풍 실레아스, 부드러운 봄철의 서풍 레피로스, 남풍 노토스, 동풍 에오로
스라 불렸다고 한다. 그중에서도 봄에 부는 바람 레피로스는 성품이 부
드럽고 온화하여 천상의 세계에서도 사랑을 한 몸에 받았다고 적혀있다.

누구든지 이 계절쯤엔 들녘에 나가 손에 잡히지는 않지만 확실히 느껴
지는 새 생명의 솟구치는 소리를 들을 수도 있을 것이고, 햇발 좋은 오후
에는 겨울에 써놓았던 부치지 못한 엽서를 들고 우체국에 들어설 수도
있을 테니 향긋한 미나리 냄새 풍기는 4월의 바람은 사람의 마음을 여유
롭게 만드는 마법의 싱그러운 향기를 지니고 있는 것인지도 모르겠다.

4월의 바람은 부드럽고 온화한 할머니의 웃음과 닮았다. 따뜻하고 푸근
한 것이 겨울바람처럼 차갑거나 매섭지도 않고, 가을바람처럼 스산하거
나 쓸쓸하지도 않으며 여름 바람처럼 덥거나 끈적거리지도 않기 때문이
다. 그러나 봄에 부는 바람이든 한 겨울 몰아치는 매서운 북풍이든 느낌
은 각기 다를지라도 그것이 어디서 시작되었는지는 아무도 모른다.

어느 한곳에 머물지 못하는 남자들의 마음을 바람에 비유했던가. 하지

만 분명 남자에게만 해당되는 것은 아닐 것이다. 우리네 삶의 여행 자체가 보이지 않는 바람 아니던가…….

어느 해, 가을 처녀시절을 마감하고 나는 결혼했다. 우리 부부는 결혼 전부터 여러 가지 계획을 세워 놓았다. 학업을 계속하며 맞벌이를 해야 했기 때문에 아이를 갖는 것도, 집 장만을 하는 것도 뒤로 미루었다. 양가 부모님들은 아이를 갖지 않는 것에 대해 걱정이 대단하셨지만 우리 부부는 단호했다.

그 후 4년, 우리 부부는 계획했던 대로 학업을 무사히 마쳤고 직장 근처에 작은 아파트도 장만했다. 이제 새로운 식구를 맞기에 부족함이 없다고 생각했다. 그러나 어느 날 근무하던 직장에서 과로로 실신한 나는 병원으로 실려갔고 결국 몸속의 아기는 태어나지도 못한 채 우리 곁을 떠나 버렸다. 그렇게 첫아이를 잃어버렸다.

무엇이든 철저한 계획을 세우며 살아왔던 우리 부부는 너무나 아픈 대가를 치르고 나서야 삶이란 우리가 원한다고 해서 그대로 되는 것만은 아니라는 것을 알게 되었다.

4월의 바람이 분다.

우리는 지금 두 아이의 부모가 되어 있다. 학교에 다녀왔다며 인사하는 아이들의 웃음이 환하게 마음에 얹힌다. 언젠가는 날아가기 위해 날마다 조금씩 어린 날개를 기르고 있는 아이들, 이제 머지않아 군대에 가고 결혼도 하여 부모의 품을 벗어나게 될 것이다. 그 아이들이 드나들던 방은 주인을 잃고 날아가 버린 빈 새장처럼 비어 있게 될 것이며, 빈 조롱엔 가랑잎이 쌓이고 또 쌓여 그리움만 가득할 것이 분명하다.

우리 모두는 바람이다. 눈뜨면 날마다 새로운 것에 익숙해지려 무던히도 애쓰는 나의 모습 또한 마치 바람 속에서 조금씩 낡아가는 허름한 간이역 대문과 같다. 낡아지고 모서리가 깎이면서도 언제나 마음은 흔들리는 대문처럼 이리저리 붙어 다니기에 말이다.

자연의 순리는 언제나 그렇게 말없이 다가온다 그럼에도 우리는 가끔 잊고 산다. 어쩌면 산다는 것 자체가 실은 바람의 연속 같은 게 아닐까……. 항상 시간의 바람 속을 유영해야 하는 운명이니 말이다.

시간의 끄트머리에서 언제나 뒤돌아보게 되지만, 아스라한 유년의 기억

속으로도, 가슴 싸했던 첫사랑의 감미로웠던 시간으로도 되돌아갈 수 없다. 이내 흐르는 시간의 바람을 따라 날아가야 하기 때문이다. 돌아갈 수 없기에 지난 시간들에 회한이 많은 것일까.

바람이 불었으면 한다. 세찬 바람이 불어와 내 몸을 일으켜 세우고 나를 걷게 하고 뛰어가게 해주었으면 한다. 길 옆 흙더미 사이로 새파란 풀들이 세상을 향해 얼굴을 내밀었다. 시간의 바람을 따라 가노라면 잡풀의 꽃향기처럼 매운 향내 풍기는, 삶의 참 멋을 보는 눈이 떠지려나 기다려야 봐야 할 것 같다.

눈이 부신 봄볕을 받으며 길을 떠나고 싶어진다.

하이힐, 그리고 봄

햇살 좋은 봄날,
나는 또 건망증을 핑계로 하이힐을 신을지도 모른다.

　남자를 상징하는 것은 힘과 능력이다. 그래서 남성 사회에서 항상 듣게
되는 것은 "누가 유능한가" "누가 성공했는가"를 묻는 말이다. 그러나 여
자들은 "누가 더 아름다운가" "누가 더 행복해졌는가"에 관심을 모은다.
여성스럽다는 것은 아름답다는 뜻과 통한다. 여자를 평가하는 첫째 조건
도 그 아름다움에 있으나 내적인 아름다움보다는 외적인 아름다움에 관
심이 많은 것이 사실이다. 때문에 요즘 화제가 되고 있는 몸짱이라는 키

워드는 모든 여자들의 삶의 목표인 것처럼 여겨지고 있다.

스무 살 무렵, 대학 입학을 미루고 직장 생활을 시작했던 나는 비서실에 근무했으므로 늘 정장을 입어야 했다. 그곳에는 8등신만 선별해서 발령을 냈는지, 164센티의 내 키도 그리 큰 편이 아니었다. 그런데 키가 큰 선배들이 전해주는 노하우는 다름 아닌 9센티미터의 하이힐이었다. 길어 보이는 데는 하이힐이 제격이라나. 어쨌든 늘씬한 몸매를 자랑하는 선배의 말에 생전 구경도 하지 못했던 9센티 하이힐을 신게 된 것이다. 그런데 높은 굽으로부터 전해져오는 적당한 긴장감은 묘하게도 당당함과 자신감을 느끼게 해주었다. 그 후로는 스포츠용 운동화를 제외하고는 아직 한 번도 하이힐이 아닌 구두를 사본 적이 없다.

현대적인 하이힐의 시초는 16세기까지 거슬러 올라간다. 16세기 베네치아 여인들이 거리의 오물을 피해 다니기 위해 신었다는 높은 굽의 초핀(Chopine, '쇼핀느'라고도 한다)이 하이힐의 시작이었다는 설이 있다. 스페인 여자들이 신고 다녔다는 나무로 만든 통굽 신발이 하이힐의 원조라고 하는 의견도 있다.

초핀으로 시작된 하이힐을 오늘날의 형태로 완성시킨 것은 루이 14세와 루이 15세의 애첩인 퐁파두르 부인의 영향이 절대적이었다. 특히 루이 14세는 자신의 다리에 푹 빠져 있는 진정한 나르시시스트였다. 그는 자신의 다리를 정말 사랑했기에 수백, 수천 켤레의 구두를 구입했고 뽐내듯이 신고 다녔다. 루이 14세의 하이힐 시대를 이어받은 것이 루이 15세의 애첩이었던 퐁파두르 부인이었다. 로코코 문화의 완성자이자 당대 문화예술의 후원자로 이름을 널리 알렸던 퐁파두르 부인은 진정한 패션리더였다. 그녀는 자신만의 굽 높은 구두를 만들어 신고 베르사이유 궁전 안의 귀족들을 압도했다. 귀족들은 너 나 할 것 없이 이를 따라 했고, 이어 사람들은 퐁파두르 부인의 굽 높은 구두를 '루이힐'이라는 애칭으로 부르게 된다. 이 루이힐이 오늘날 하이힐의 원조다.

영화의 역사가 시작된 20세기, 하이힐을 신은 여배우의 모습은 충분히 매력적이었다. 심지어 마릴린 먼로는 "나를 성공의 길로 높이 들어 올려 준 것은 바로 하이힐이었어요"라고 고백할 만큼 하이힐은 수 세기 동안 여자들의 지지자 역할을 해왔다. 타인의 시선을 즐겁게 하기 위한 것이 아니라 스스로를 고귀하고 매력적인 존재로 느끼게 해 주는 자기 최면 같은 만족, 그것이 하이힐이 주는 환상이다.

하이힐을 신고 다니다 보면 예상치 못한 낭패를 당하는 일이 종종 있다. 보도블록 사이에 굽이 끼는 순간 구두만 남긴 채 발만 빠져나와 멋쩍게 구두를 빼내기도 하고, 급한 마음에 달리다가는 굽이 빠지거나 부러지는 경우도 있다. 그럴 땐 구두 수선소를 찾을 때까지 짝발이 되거나 맨발의 여인이 되기도 한다. 또 제법 긴 시간을 버티려면 종아리에 쥐가 날 정도이니 진득한 인내심도 꽤 필요하다. 여자의 맵시를 완성하는 것이 구두라고 하는데 이쯤 되면 완전히 스타일 구기는 골칫거리가 아닌가.

마흔을 넘기면서 하이힐 신는 날도 뜸해졌다. 하지만 누가 그랬던가, 여자들은 출산의 고통에 진저리를 치면서도 그 고통을 잊어버리기 때문에 다시 아이를 갖는다고. 나 역시도 분명 그 여자 종족의 내림 탓인지 하이힐의 고통을 까맣게 잊어버린 채 9센티 하이힐을 신고 지인들의 모임에 참석했다. 하이힐을 신어본 사람들은 알 것이다. 종아리를 지나 허리로 전해지는 뻐근함의 고통이 어떤지. 하지만 우아하게 떠 있기 위해 물속에서 수없이 자맥질을 해야 하는 오리처럼 또각또각 반듯한 걸음걸이와 표정을 유지하기 위해 나름대로 최선을 다했다.

그날 모임이 어떻게 끝났는지 제대로 기억나는 것이 없다. 어떻게 해야 구두 속에 갇힌 발을 해방시켜 줄까 하는 생각만 머릿속에 뱅뱅 돌았으니까. 예정보다 모임 시간이 길어지자 내 참을성도 한계에 다다랐다. 슬그머니 비상구로 달려갔다. 그리고는 구두부터 벗었다. 시원하다며 발가락들이 아우성을 치고, 바닥의 차가움은 아프던 머릿속까지 개운하게 해 주었다. 돌아오는 길에, 다시는 하이힐을 신지 않겠다고 굳게 다짐했다.

여자들의 맵시는 남성으로부터 강한 매력을 느끼게 하는 것이 사실이다. 그런데 그 원인은 결국 여자들이 제공하는 것 아닌가. 여자들은 자신을 가꾸기 위한 아름다움이라고는 하지만 결국 그것은 누군가에게 자신을 돋보이게 하고 싶어 하는 욕망과 관련이 있기 때문이다. 누가 강요하지 않음에도 발가락이 휘고 허리 통증을 유발하는 하이힐을 선호하는 여자들이 여전히 많은 것을 보면 말이다.

이젠 늦은 봄날 바위 틈서리에 솟아나는 보랏빛 엉겅퀴처럼 뾰족한 하이힐의 매력도 세월과 함께 묻어야 하나 보다.

　세상의 미혹은 많고 많다. 남들보다 조금 높은 곳에서 세상을 바라보는 것이 그리 즐거운 일만은 아니라는 걸 왜 진작 몰랐을까. 허리를 꼿꼿이 펴는 일이 이렇게 만만치 않은 일인 것을. 허리 펴는 일에 익숙하지 못하니 아마도 나는 앞으로도 영영 높은 자리에는 오르지 못할 듯하다. 그럼에도 이 봄, 화사한 하이힐의 유혹을 떨칠 수 있으려는지. 아마도 햇살 좋은 봄날 나는 또 건망증을 핑계로 하이힐을 신을지도 모른다.　마흔넷의 봄은 이제 시작이니까.

　만조 되어 기슭으로 돌아오는 물처럼 또 봄이 오고 있다.

봄비, 그리운 친구

너무 멀지도 너무 가깝지도 않은
얼마쯤의 거리를 통해서만이 그리운 것의 실체를 볼 수 있다.

　봄비가 내리면 떠오르는 그리운 기억이 있다. 4월의 끝자락 봄비 속에 만나 기약 없이 헤어져 버린 친구.
　작은 카드에 씌여진 작고 동그란 글씨가 나를 바라보고 있다. 도라지꽃, 네 잎 클로버, 보랏빛 들국화, 나뭇잎을 곱게 말려 붙인 정성 어린 카드. 30년이란 긴 세월이 흘러가 버렸다는 사실이 조금도 실감 나지 않을 만큼 꽃잎 하나, 잎 새 하나 글씨 한 획도 변하지 않은 채 옛 마음 그대로이다. 친구가 만들어 보내준 카드에는 이렇게 적혀 있다.

'우린 영원히 친구야. 마음 변치말자……. 1975년 가을 어느 날'

 묵은 편지함을 열어보니 오롯이 정이 배인 옛 모습 그대로 엽서와 편지
들이 차곡차곡 쌓여 있다. 잉크 하나 변하지 않은 세월의 흐름, 정신없이
지나왔던 그 세월이 도대체 얼마나 흐른 것인지 횟수를 정확히 헤아릴 수
가 없다. 친구의 가냘픈 손가락으로 붙이고 붙였을 마른 잎들, 꼭꼭 누른
흔적이 그대로 느껴지는 풀꽃 카드. 안개꽃과 아카시아 두 개나 큼직하게
붙어 있는 행운의 네 잎 클로버 그리고 시 몇 줄. 친구는 엽서나 편지를 쓸
때마다 내가 좋아하는 시를 한 편씩 골라 적어 보내 주었다.
 예나 지금이나 나는 심중의 표현을 잘하지 못한다. 서로를 생각하는 마
음의 강도나 깊이는 어떨지 몰라도 그 표현에 있어서는 항상 느림보 게으
름보, 한 발 아니 수백 발 늦다.
 중학교에 다니던 그때, 친구는 잊지 않고 나의 생일에 예쁜 글씨와 그림

이 그려진 카드, 그리고 작은 선물을 주었다. 열여섯 번째 생일 때는 축하해 주는 고마운 친구들을 위해 어머니가 주신 용돈으로 소박한 파티를 하고 생일 기념으로 사진을 찍었다. 멋을 내느라 교복이 아닌 사복을 입고 찍었는데, 지금 생각해보면 조금 촌스러운 모습이 아니었나 싶다. 그래도 그날의 뿌듯한 기쁨은 아직도 지워지지 않는다. 어쩌다 묵은 앨범을 들추다 보면 그날의 행복했던 모습들이 가슴을 시큰하게 한다. 바라보고 바라보아도 이제는 다시 돌아갈 수 없는 그리운 시절이다.

　대학을 졸업하고 다시 몇 년이 지난 어느 봄비 내리는 날, 지금의 남편과 종로 어디쯤을 지나가다 우연히 그 친구와 마주쳤다. 여고 때 헤어지고 처음이니 꽤 오랜 시간 만나지 못한 것이다. 우리는 서로의 모습에 막막해 했다. 너무나 오랜 세월이 흐른 뒤에 마주친 그리운 모습, 그러나 서로 어색하게 안부만 묻다가 돌아서고 말았다. 내게 웃을 수 있는 마음을 갖게 해 주었던, 불확실한 미래로 인해 불안해하던 내게 언제나 따뜻한 위로를 해 주던 친구를 나는 그렇게 무심하게 보내 버린 것이다.

……
온 세상이 다 나를 버려 마음이 외로울 때에도
'저 맘이야' 하고 믿어지는
그 사람을 그대는 가졌는가?
……
잊지 못할 이 세상을 놓고 떠나려 할 때
'저 하나 있으니' 하며 빙긋이 눈을 감을
그 사람을 그대는 가졌는가?
……
   -함석현의 『그대는 그런 사람을 가졌는가』 중에서 -

 내게도 시에 나오는 그런 친구가 있을까. 나는 누군가에게 그런 사람일
까. 깊게 깊게 묻어 놓았다가 살아가는 일이 너무나 저리고 아파질 때, 삶
의 무게에 짓눌려 숨조차 쉬기 힘들 때 떠오르는 사람, 그 사람 생각에 맑
은 샘물처럼 다시 정갈해질 수 있는 마음을 갖게 하는 사람, 만나면 헤어

질 줄 모르고 서성이게 하는 내게 위안이 되는 사람이.

얼마 전, 모교에 다녀왔다. 강당과 운동장, 교실의 책상과 의자, 텅 빈 강당까지 왜 그렇게 좁고 작아졌다는 느낌이 들었는지⋯⋯. 하지만 돌아오는 길, 언덕 위에서 내려다 본 학교는 작지 않았다. 사실 그것들은 작아진 것이 아니었다. 우리들이 너무 커 버린 것이다. 나는 언덕 위에서 학교를 오래오래 바라보며 서 있었다.

그리운 것일수록 너무 가까이 다가서지 말자. 너무 가까이에서는 오히려 참된 실체를 볼 수 없다. 그리고 기억하자. 얼마쯤의 거리, 너무 멀지도 너무 가깝지도 않은 얼마쯤의 거리를 통해서만이 그리운 것의 실체를 볼 수 있다는 사실을.

봄비에 그리운 친구 얼굴이 아스라하다.

이야기가 있는 꽃들

인생이란,
남에게 구애되는 것이 아니라 자신을 지키며 살아가는 일이다.

　낯선 곳으로의 떠남은 늘 설레임이다.
　설레임은 이른 봄 피어나는 이름 모를 들꽃들의 몸짓에도 실려가고, 끝이 보이지 않는 기찻길에도 눈길이 얹혀지며 문득 어디론가의 여행을 떠올리게 한다. 그렇게 작은 설레임이 필요하다고 느낄 때쯤 생활의 분주함을 잊고 여행을 떠났다.
　하늘로 닿을 것 같은 전나무 숲과 그 사이로 구불구불 나 있는 산책로,

쌉싸름한 약숫물, 새파랗게 뿌려진 이끼 가득한 바위까지 새벽녘의 오대
산 풍경은 그대로 그림엽서다. 숲속의 싸늘함이 옷깃을 여미게 한다. 새
벽안개가 내 어깨에 소리 없이 내리고 고요함 속에 들리는 청량한 물 흐
르는 소리, 그 위로 사람들에게 공양하듯 오래된 고목이 다리가 되어 누
워있다. 나목 아래에는 돌탑들이 놓여있다. 다녀가는 사람마다 간절한 소
원 빌며 하나씩 올려놓았을 돌탑에 나 역시 두 손을 모으고, 싸한 냄새 가
득한 전나무 숲의 산책로를 따라 걸었다.

'한국자생식물원 개원'

현수막을 바라보며, 자생식물이 뭘까 궁금하기도 하고 길가에 보일 듯
말 듯 드문드문 매달려 있는 작은 이정표가 눈길을 끌어 발길을 그곳으
로 옮겼다.

오대산 자락 한 쪽에 자리한 자생식물원은 98년 봄에 개원했다고 한다.
그곳에는 우리의 산, 들 어디서나 쉽게 만날 수 있는 꽃들을 전시하고 있
었는데, 우리나라 자생 꽃 1천여 종을 나누고, 한쪽으로는 연못을 만들
어 수생·습지 식물이 자라게 했다. 또한 무리 지어 흐드러질 때 더 아름

다운 우리 꽃들이 자연스럽게 번져가도록 커다란 원형의 꽃길까지 만들어져 있다. 그리고 보면 언제부터인지 우리는 화려한 꽃에 길들여져 있다. 울 밑의 민들레, 밭둑의 찔레꽃, 바위틈의 철쭉, 지붕 위의 박꽃 다 기막히게 정겨운 꽃 아닌가. 모두 우리의 생활 속에 파고들어 민초들의 삶에 배어든 꽃들이다.

한참을 작고 소박한 우리 꽃을 구경하다 꽃길 중간쯤에 있는 카페 비안으로 들어갔다. 비안이라는 외국어 이름이 식물원 풍경과는 어울리지 않아 조금 낯설었다. 그곳은 식사와 차 그리고 우리나라 자생화에 대한 자료를 열람할 수 있는 곳이었는데 우연히 자리를 함께한 관리인으로부터 우리 꽃들에 얽힌 아름다운 사연들을 듣게 되었다. 딸네 집에 끝내 닿지 못하고 죽은 할머니의 무덤가에 피었다는 할미꽃, 먼저 죽은 지아비의 마음을 담았다는 홀아비꽃대, 사랑을 이루지 못하고 죽은 공주가 꽃으로 태어났다는 산목련 등 우리 꽃에 이처럼 하나같이 슬프고 아름다운 이야기가 담겨있었다.

이야기를 듣는 동안 주문했던 식사가 나왔다. 몇 가지 산나물을 먹으면서 어렸을 적, 어머니께서 봄철에 나온 원추리꽃의 어린잎을 나물로 무쳐 주셨던 기억이 났다. 겨울에는 싱싱한 야채를 구하기가 힘들어 이른 봄에 나는 원추리 잎을 따다 기름에 볶거나 초고추장에 무쳐 주셨는데 산뜻하고 맛이 좋아 밥 한 그릇을 게눈 감추듯 했다. 또한 약용으로도 쓰여 가을에 채취해 말려 놓았다가 가끔 배가 아프다고 하면 달여 주시던 꽃이었다.

자생화들은 우리의 생활 속에 묻혀 필요할 때면 언제나 자신들을 기꺼이 내 주기도 하며 늘 우리 곁에 있어 왔다. 우리들의 어머니처럼 말이다. 언제나 곁에 있어 우리를 위해 살아가는 삶이 당연하다고 생각되었던 어머니, 지금은 일하는 여자들이 더 당당해진 세상이지만 말없이 가족들을 위해 희생해 오신 어머니들이야말로 그들보다 더 현명한 여자가 아닐까 한다.

인생이란 남에게 구애되는 것이 아니라 자신을 지키며 살아가는 일에 충실할 때만이 훌륭히 자기의 인생이 만들어지는 것이라고 했다. 보이기 위해 행하기보다 남이 알아주기를 바라기보다 그저 나 스스로 지금의 모습이 행복하다고 생각되면 그뿐이라고…….

 마음이 힘들어지면 가끔 올려다보는 하늘과 빼곡히 책장을 지켜주고 있는 소중한 책들 그리고 남편과 아이들, 지나다니던 발밑에 오롯이 피어나와 눈길 한 번 보내지 않아도 늘 꿋꿋한 모습으로 제자리를 지키고 있는 자생화의 모습처럼 늘 곁에 있어 소홀했던 건 없었는지 되돌아보았다.

 무엇이든 있는 그대로 존재한다고 했던가. 지금의 내 모습이 조금 부족할지라도 나는 나 일뿐이다. 그렇다고 화려한 치장을 할 필요는 없다. 사실 사노라면 어떤 것이 진실인지 가려내기 힘들 때가 있다. 하지만 기억하자. 때로는 보이는 것이 전부가 아니라는 사실을. 그래서일까, 어느 둑길 아무도 알아주지 않은 모습으로 피어 있다 하더라도 결코 실망하거나 좌절하지 않은 자생화야말로 우리 고단한 인생에 스승이라는 생각이 든다.

봄 편지

이제 완연한 봄입니다.
남도 어디쯤에서 시작된 봄꽃 내음에 가슴이 설레입니다.

　이제 정말 완연한 봄입니다. 남도 어디쯤에서 시작된 봄꽃 내음에 가슴
이 설렙니다. 봄 풍경은 그래서 소풍 나온 아이처럼 환한 모습인지도 모
르겠습니다. 오늘처럼 이렇게 환한 봄날, 모처럼 바쁘기만 한 일상에서
자연으로의 행복한 일탈을 꿈꿔봅니다.
　봄은 정말 아름다운 계절입니다. 이때쯤이면 봄날 아득하게 앞을 어른
대는 아지랑이가 떠오릅니다. 손안에 쥘 듯해서 손을 내밀면 저만큼 비켜

서 있는 아지랑이, 자꾸 잡으려다 거듭거듭 빈손이 되어버리는 허망함에 주저앉아 울기도 했던 까마득한 어린 시절의 기억이 고개를 듭니다. 언제나 나에게서 떨어져 있는 행복처럼 뒤돌아보면 그곳에 아지랑이가 있었는데도 왜 꼭 그렇게 잡으려고 애썼을까요. 지금 저기 멀리서 희망으로, 소곤거림으로 혹은 설레임으로 그래서 우리는 피어오른다고 말하는 봄의 아지랑이가 아른대고 있는 것 같습니다.

지난 세월을 돌이켜보면 참으로 많은 시간을 산과 들에 나가 보냈습니다. 봄이 오면 강원도의 높디높은 능선과 깊고 깊은 계곡을 헤매며, 찬 계곡의 물소리를 옆으로 들었지요. 동글동글 매달린 노루귀꽃의 봉오리들이 하나둘씩 꽃잎을 피워내는 모습과 붉은빛 금낭화의 고운 자태에 감탄사를 연발하기도 했고, 경북의 그리 이름나지 않은 산에서 만난 금빛 도는 투구꽃이며 선생님을 모시고 여러 번 가보았던 청량사에서 만난 노란색 동박꽃은 산수유보다 먼저 피어 온 산을 향기로 가득 채웠었지요. 누군가 심어야 볼 수 있는 산수유는 마을 근처에서 자라는 반면 동박꽃은 산속에서 홀로 강인한 생명력으로 살아가는 나무이기에 더욱 눈길이 갔는지도 모르겠습니다.

지난주에는 지인들과 청주에 있는 연꽃마을에 갔습니다. 그곳에도 벌써 봄이 와 있었습니다. 아직 연꽃이 피지는 않았지만 들과 밭에는 연초록의 새싹들이 마중 나와 있었지요. 마침 그곳엔 단군 성지가 있는 은적산이 있어 짧은 산행을 하였는데 이름도 특이한 '꿩의 바람꽃'이 눈에 띄었답니다. 흰색의 꽃밥이 작은 부케를 연상시키는 것처럼 앙증맞고 예뻤습니다.

사실 이렇게 자연과 들꽃에 관심을 갖게 된 것은 선생님 덕분이라 해도 과언이 아닐 겁니다. 힘든 대학시절 선생님께서는 저에게 들과 산에 피어 있는 꽃들을 찾아다니는 야생화 동아리 가입을 권하셨지요. 생경하긴 했지만 직장 생활과 대학 생활을 병행하며, 지쳐가는 제게 들과 산은 치유제가 될지도 모른다는 생각을 했습니다. 덕분에 저는 틈만 나면 동아리 선배들과 선생님을 따라다녔지요. 처음엔 너무 힘들어서 곧 그만두려고 했었는데, 이상하게도 들이나 산을 휘젓고 돌아오면 일주일이 활기차게 느껴졌습니다. 그제서야 알았지요. 내게 필요한 건 지식을 얻기 위한 학

문의 탐구보다 지친 삶에 여유가 필요하다는 것을 말입니다.

　이렇게 지난 시간을 더듬다 보니 저도 나이를 먹었다는 사실이 깊게 다가옵니다. 조금이나마 철이 든 것일까요. 그런데 이제 칠순을 앞에 두고 삶의 결실을 맺으려는 순간에 병마의 공격을 받고 누워 계신 선생님의 소식이 새삼 너무도 큰 아픔으로 전해집니다. 선생님께서 자리에 누우시고 저는 참으로 많은 생각을 했습니다. 유난히 건강하시어 젊은 저희 제자들도 그 걸음을 따라가지 못했었는데, 선생님께서 가지신 끊임없는 노력과 열정이 한낱 병마 때문에 묻혀버린다는 것이 얼마나 안타까웠는지 모릅니다.

　그동안 선생님께서 가르쳐주신 자연은 참으로 많은 것을 깨닫게 해 주었습니다. 당장의 양분에 마음을 빼앗기면 너무 키를 키워 빨리 스러지고, 당장 눈앞의 일에 욕심을 내어 잎을 무성하게 만드는 일에 열중하면 꽃과 열매를 맺기 어려워지는 것은 정말 사람의 세상살이와 비슷한 것 같습니다. 제 조건에 충실한 식물들이 아름다운 꽃들과 풍성한 열매를 맺으며 한 해를 추하지 않게 마감하는 모습은 정말 장하기조차 합니다. 식물로 따지자면 이제 막 초가을에 접어들어 곧 다가올 겨울을 준비해야 하는 저와 같은 사람에게는 깊이 새겨두어야 할 참으로 값진 의미라는 생각이 듭니다.

선생님 부디 자리를 떨치고 일어나십시오. 지리산 자락을 넘나들던 그 기개로 그깟 종양쯤은 거뜬하게 극복하시리라 믿습니다. 그래서 앞으로 세상을 살면서 많은 역경을 맞게 될 저희들에게 어려움을 싸워 이기는 용기도 가르쳐 주십시오.

내년에 이 아름다운 계절, 봄이 다시 돌아올 때에는 저희 제자들이 선생님과 함께 화사한 봄을 공유할 수 있는 자리를 꼭 마련하겠습니다.

선생님 뵙고 싶습니다.

香

어머니의 젖은 눈과
주름살 틈마다 깃드는 기쁜 웃음소리가 들리는 듯하다.

　지리산 여행 중 작은 산사(山寺)에 들르게 되었다.

　대리석의 차가움과는 비교할 수 없지만 산사의 대청마루에 앉으니 풍경(風磬)을 흔들 뿐인 미풍에도 시원함이 절로 안겨온다. 돌확으로 흐르는 샘물 맛이 시원하다. 차가운 샘물 탓인가, 서늘한 기운이 등허리로 느껴지자 슬며시 눈이 감긴다.

　대웅전에서 들려오는 스님의 불경 외는 소리, 끝이 없을 것 같은 긴 돌계단을 올라오는 불자들의 발걸음 소리, 그리고 소리 없이 피어오르는 향. 모든 것들이 바람소리와 같다. 경내를 휘도는 향 내음이 어지럽다. 바람결에 끊어질 듯 작은 불꽃을 이어가며 연기를 피워 올리는 향, 어느새 나는 시골집 마당에서 피워올리던 마른 풀 타는 냄새 속으로 달려간다.

　어렸을 적, 방학이 되면 우리 4남매는 시골로 내려갔다. 시장에 나가 생선 장사하기에도 버거웠는지 어머니는 방학만 시작되면 우리 남매들을 온양 본가로 내려보냈다. 이유야 어쨌든 우리는 그저 하루하루 뛰어노는 일에 전념했다.

　소낙비 내리는 날이면 양철 지붕 위로 떨어지는 빗소리를 들으며 토방에 모여 앉아 가마솥에서 구수하게 익어가는 감자를 기다리는 일이며, 할머니와 함께 텃밭에 나가 점심에 먹을 상추와 쑥갓을 따는 즐거움은 골목 깊은 집 변두리 동네에서 놀던 그 어떤 놀이와도 비교되지 않았다. 특히 장사에 찌든 어머니 모습을 떠올리지 않아도 되는 것이 무엇보다 좋았다.

　온 동리가 우리 집 마당인 양 돌아다니다 할머니가 끓여주신 구수한 강된장과 밥솥에 찐 호박잎으로 저녁을 먹고, 마당에 피워놓은 모깃불 연기 속에 할머니의 무릎을 베고 누우면 하늘의 별이 온통 내게로 쏟아졌다.

그러다 부채에 묻어오는 땀에 절은 적삼의 시큼한 냄새가 낮이 익어 꿈결인 듯 자꾸만 할머니의 가슴께로 파고든다. 그제서야 새삼 눈물 한 방울 떨구고 어머니에 대한 그리움으로 훌쩍이고는 했던 나의 유년기. 할머니 적삼에서 배어나던 그 시큼한 냄새, 그것은 어머니의 향기였다. 애써 외면하고 싶어 내 마음 저만치로 밀어 두었던 어머니.

초등학교 때 학부모 참관수업이 있었다. 하나둘 어머니들이 교실로 들어오고 수업이 막 시작되려는데 어디선가 비릿하고 시큼한 냄새가 났다. 순간 어머니에게로 쏠리던 수많은 시선들. 그날부터 나는 어머니를 외면하기 시작했다. 그 냄새의 이유가 우리 때문이라는 것을 너무나 잘 알고 있음에도 말이다.

어머니로부터 늘 배어나던 비릿한 생선 냄새, 시큼한 땀 냄새 그것은 내게 고향이었다. 보이지 못하는 부끄러움이 아니라 평생 떠나지 못하고 안주해야 할 내 고향 말이다. 시간은 이제 두 아이의 엄마로 아내로, 어머니가 서 있던 그 자리에 나를 세워 놓았다.

논어의 『위정편(爲政篇)』에 이러한 대목이 있다. 스승이 말하기를 "유

아, 안다고 하는 것이 무엇인지 가르쳐 주랴? 아는 것이 아는 것이고 모
르는 것이 모르는 것이다. 이것이 아는 것이다."
(子曰, 由 誨女知之乎 知之為知之 , 不知為不知 , 是知也)

　자신의 무지를 무지로 시인할 수 있을 때 인간은 비로소 자기 자신을 바
로 보게 된다는 이 말은 너무나 긴 시간이 지나 이제야 어머니 마음을 헤
아리게 되었으니 그간 나의 무지를 너무나 절실히 통감하게 한다.

　박하향 냄새가 난다. 눈을 떴다. 비구니 한 분이 지나간다. 기울다가 두
어치쯤 남겨져 비추는 햇살은 두 볼을 타고, 단아한 얼굴엔 보일 듯 말 듯
한 미소가 굴러내리며 내게 합장한다. 누군가 무엇을 더 필요로 하여 찾
아오지 않을까 하는 표정으로 산길가에 내려와 먼 곳을 바라보며 서 계
신 비구니. 밤길, 공부하다 늦게 돌아오는 나를 기다려주던 어머니 모습
과 닮았다.

　인간사 물욕은 다 헛된 것이니 내면의 참된 심성을 찾아보라는 스님의
설법이 비수처럼 내게 와 꽂히고, 흔들리는 낡은 먹물 빛 장삼 너머로 어
머니의 젖은 눈과 주름살 틈마다 깃들이는 기쁜 웃음소리 들리는 듯하다.

그 웃음 속에 파묻혀 소리 내어 엉엉 울고 싶다. 나 자신 가슴 속까지 배어 있던 허울과 위선의 내음, 저만치 고개 들던 마음 죄까지 먼지를 털어내듯 날려 보내고 싶다. 어쩌다, 어머니의 진정한 향기를 잊어버린 채 이렇게 멀리까지 와 버렸는지.

돌확 너머 수국에 맺혔던 빗방울이 주르륵 내 눈가에 밀려온다.

다락방, 내 14살의 비상구

나의 다락방,

그 곳에서 나는 얼마나 행복했었는지.

봄의 주역인 목련과 진달래가 한차례 피었다가 지더니 어느새 신록이
물들어가고 작은 부채처럼 매달린 은행나무 잎사귀들이 하루가 새롭게
커간다. 아파트 한쪽에선 발갛게 눈 떠가는 담쟁이가 며칠 한눈을 파는
사이 새파랗게 벽면을 덮었다. 계절은 혼자서도 시간 여행을 잘 하는 모
양이다. 저만치 걸어가는 여학생들의 웃음소리와 어울려 5월이 더욱 진
한 향기를 뿜어낸다.

젊음, 푸른 5월과 싱그러움을 닮은 아이들. 요즘 학생들은 부모 세대와는 다르게 생솔가지 뚝 꺾은 싱그러움에 그치지 않고 저마다 개성이 있는 아름다움 가지고 있어서인지 무슨 일이든 당당하고 도전적이다. 그래서인가 요즘 청소년들이 유난스레 동경하는 연예계의 입문이 문제가 되고 있다.

단순히 연예인의 추종이나 선호를 넘어 스스로 연예인이 되고자 하는 이들이 넘쳐나고 있는 것이다. 그들은 스타를 꿈꾸며 맹목적으로 연예인을 지망하고, 일류대 진학을 못하면 '스타'로 뜨는 것만이 사회 주류가 될 유일한 길이라는 인식을 가지고 있는 듯하다. 그래서 그들은 생애에서 가장 아름다운 시간, 미래를 향한 벅찬 꿈을 꾸어야 할 시기에 대중문화라는 화려한 비상구를 향해 달려가고 있다.

나의 비상구는 무엇이었을까. 그곳은 나의 방황하던 사춘기 시절처럼 한 줄기 빛조차 들어오지 않는 온통 어둠뿐인 곳이었다. 빛이 들어오는 것을 영 허락하지 않을 듯 사방은 잡다한 물건들로 가득하고 내 손에 든 초 한 자루 만이 위태롭게 흔들리며 긴 그림자를 만들었다. 창문은 어디에 있는지 보이지도 않고 언제부터 그곳에 자리를 잡았는지 알 수 없는 오래된 물건들과 먼지 가득한 책들만이 정적을 지키고 있는 곳. 그래서 왠지 갇혀 있다는 두려움마저 느껴지는, 손을 뻗으면 앉아서도 천정이 닿을 것 같은 그곳은 부엌의 작은 다락방이었다.

부모님은 서울로 상경한 지 열두 해째 되던 가을, 처음으로 우리 집을 장만했다. 집이라고 해야 방 두 칸에 작은 부엌이 딸린 탄광촌 사택 같은 초라한 집이었다. 부모님은 드디어 우리 집을 장만했다며 좋아하셨지만, 잠시 서울에 올라와 계셨던 할머니와 우리 4남매, 그리고 부모님이 살기엔 턱없이 작은 집이었다. 그러나 정작 문제는 집이 좁다는 사실이 아니었다. 할머니가 코를 심하게 골며 주무신다는 생각을 까맣게 잊고 있었던 것이다. 드디어 다음 날 저녁부터 나의 고행은 시작되었다. 할머니의 다양한 코러스.

'드르렁 드드렁 쿨~ 삑~'

도저히 잠을 잘 수가 없었다. 밤이 되면 귀마개도 해보고 할머니와 정반대로 누워보기도 하고 코에 솜을 넣어 보기도 했지만 별 효과를 보지 못했다. 또 시험이라도 닥쳐 늦도록 불을 밝혀야 할 때는 어두워야 잠이 든다는 할머니의 성화에 이불 속으로 들어가 손전등을 비춰가며 책을 볼 때도 있었다. 그렇게 밤 잠 설치는 일이 한 달쯤 되어가자 내 불평은 떼어 놓을 수 없는 그림자처럼 어머니 뒤를 따라다녔다. 하지만 돌아오는 답변 은 늘 조금만 참으라는 거였다.

그러던 어느 날, 설거지를 하다 발견한 부엌의 작은 벽장. 허드레 살림 을 넣어두는 곳으로 알고 있던 그곳은 작은 나무계단이 있는 부엌 천정의 다락방이었다. 겨우 사람 하나 누울 수 있는 공간. 그렇지만 내 얼굴만 한 작은 창이 나 있다는 것만으로도, 그 창으로 밤 하늘을 바라보며 잠들 수 있다는 사실만으로도 그토록 꿈꾸었던 소망이 이루어진 것처럼 기뻤다.

다락방의 뽀얀 먼지를 털어내고 전구를 달고 수없이 걸레질을 하다 보 니 제법 쓸만한 공간으로 변했다. 그런 나를 아무 말 없이 바라보던 어머 니는 누군가 버렸다며 작은 상 하나를 손질해 주셨다. 며칠 뒤에는 예쁜 천으로 책상 덮개와 작은 창의 커튼까지 만들어 주었다.

나의 다락방, 그곳에서 나는 얼마나 행복했었는지. 할머니의 코 고는 소리를 듣지 않아서 좋았고 비밀스러운 일기를 작은 백열등 아래서 쓸 수 있어 행복했고, 힘들 때마다 마음껏 울 수 있는 나만의 공간이 있어 슬프지만은 않았다. 어려운 살림 때문에 그리고 4남매의 맏이라는 이유로 늘 어머니의 집안일이 내 몫이 되어 손에 물 마를 날이 없었던 14살의 여자아이에게 그 작은 다락방은 유일한 비상구였던 셈이다.

세월이 물감 번지듯 멀어져 갔다. 나의 의지와는 상관없이 복잡다단한 세상을 살아가면서 심신을 얼룩지게 하고 조금은 나약하게 변한 내 모습에 나이를 느낀다. 잃어버린 연후면 무엇이나 한층 아쉽고 부러운 법이다.

싱그러운 저 여학생들과 같은 젊음을 저만치 흘려보낸 나는 슬그머니 눈이 부셔 나무그늘로 들어설 수밖에 없다.

내 14살의 비상구는 이미 가슴속에 묻어 버렸다.

인연의 강

여행의 참 멋은 목적지에 다다르는 것이 아니라
어딘가로 향해 가는 과정이다.

    여행은 끊임없는 과정이다. 그러나 목적지에 닿는 것만을 중요시하고 중간 과정을 맛볼 줄 모르는 사람은 여행의 참된 재미를 알지 못한다. 일상생활에서 우리는 항상 도달점을 향해 달려간다. 그런 의미에서 여행은 본질적으로 관상적이다. 여행을 통해 일상적인 것으로부터 떠나, 순수하게 바라봄으로써, 평소에는 뭔가 자명한 것, 이미 알고 있는 것으로 전제되어 있던 삶에 대하여 새로운 감정을 가질 수 있기 때문이다. 그래서 평소 접하고 있는 사람이 어떠한 인간인가 하는 것은 그와 함께 여행해 보면 알 수 있다. 현명한 사람은 여행을 함으로써 더욱더 현명해지고 어리석은 사람은 더욱 어리석어지기 때문이다.

글 쓰는 인연으로 하여 여러 명의 글벗들이 내 곁에 있다. 나 또한 누군가의 글벗이 되리라. 그럼에도 마음을 여는 일이 그리 쉽지 않다. 성격 탓일 수도 있고, 적당히 쳐 놓은 나만의 울타리가 견고한 탓도 있을 것이다. 누군가에게 한 발자국 다가서는 작업, 그것은 분명 보이지 않는 마음의 훈련이 필요한 일이다. 그리고 자연의 벗과 만나는 일도…….

글벗들과 떠난 안동 하회마을의 풍경은 그런 내 마음의 무게를 조금이나마 덜어주기에 충분했다. 하회마을은 강물이 한 바퀴 휘돌아 나간다하여 하회(河回)라고 부르며 충신 류성룡을 비롯하여 풍산 유씨의 집성촌이기도 하다. 또한 양반의 주거문화를 대표하는 양진당과 충효당, 북촌댁과 서원 건축의 백미인 병산서원 같은 옛 건축물 등이 주변 자연경관과 조화를 이루고 있어 무척 인상 깊었다.

일행은 서애 선생께서 시를 짓고 책을 쓰던 옥연정사와 부용대를 가기 위하여 바삐 움직였다. 그곳으로 가려면 하회마을을 감아 도는 강을 건너야 한다. 어릴 적 동생을 업고 냇가를 건널 때처럼 양손에 신발을 들고 첨벙첨벙 강물로 들어가 나룻배에 몸을 실었다. 부용대는 하회마을과 마주 보고 서 있는 깎아지를 듯한 절벽이다. 부용대에 오르면 하회마을과 고즈넉한 전경이 한눈에 보인다. 바로 그곳에 아담한 옥연정사와 경암정사가 자리하고 있었다.

　고색창연한 옥연서당의 기와색에 취한 것도 잠시, 먹장구름이 파도처럼 밀려왔다. 아쉽지만 부용대의 경치를 포기하고 서둘러 나룻배에 몸을 실었다. 사공은 곧 닥칠 빗줄기가 걱정이 되었는지 나를 포함한 일부 사람들만 태우고 배를 띄웠다. 잠시 후, 여지없이 굵은 빗줄기는 차창을 때리고, 부용대를 오르느라 미처 나룻배를 타지 못한 이들은 강 건너에서 발만 동동 구르고 있었다. 드디어 나룻배가 강 건너편에 도착했다. 하지만 무슨 일일까, 배가 출발하지 못하고 있었다. 급기야 몇 명의 사람들이 장대 같은 비를 맞으며 배를 밀기 시작했다. 십여 분이 지났을까, 겨우 나룻배가 움직이기 시작했다.

　비를 피해 먼저 강을 건너온 사람들과 창밖에서 벌어지는 광경을 바라보며 박장대소했다. 아쉽지만 역시 부용대를 포기하고 온 건 잘 한 일이야. 얻은 만큼 잃는다고 부용대의 경치를 얻었으니 비를 맞는 건 당연지사 세상에 공짜는 없거든. 하지만 억수같이 쏟아지는 빗줄기를 피하지도 못한 채 안절부절하고 있는 이들의 모습을 보면서 이내 웃음은 가슴 졸임으로 변했다. 서애는 부용대를 가로지르는 강을 바라보며 사람들이 쉽게 건너올 수 없음을 아쉬워했다고 한다. 그러나 내게는 그날 글벗들에게로 한걸음 훌쩍 다가서게 하는 인연의 강이 되었다.

　소통은 언어로만 하는 것이 아니다. 그저 느끼고 통하면 되는 것일 뿐, 이튿날 만난 주산지의 아침은 자연과 나와 벗들을 다시 한번 통하게 해 주었다. 울창한 나무숲을 걸으며 삶의 의미가 일상의 집착에만 있지 않음을 배우고, 또 다른 자기를 발견하고 즐거움을 느끼는 것도 행복임을 그리고 그 행복에 감사하는 것임을 깊이깊이 아프게 새겼다. 나만의 울타리가 얼마나 고집스럽고 단순한 것인지 깨달으면서 말이다.

　늘 기억하려고 한다. 자연이 묵묵히 인간에게 깨달음을 주는 것처럼 나 역시도 묵묵히 제자리를 찾아야 한다는 것을. 간혹 실수나 오류가 있다 하더라도 넉넉히 용서하며 툭툭 털어가며 살아가야 한다는 것을 말이다. 인연은 그날 그렇게 숲의 냄새와 더불어 내 안으로 들어왔다.

여행은 미지의 어딘가를 향해 가는 여정이다. 우리의 삶 또한 마찬가지 아닌가. 숱한 낯선 이들을 만나, 때로는 상처를 입고 그 상처가 아물 때쯤이면 마음 한구석 기억의 흔적으로 남아 나를 훌쩍 키울 테니 말이다. 이번 여행을 통해 새로운 글벗들에게 조금이나마 다가설 수 있게 되어 고맙고 감사하다. 때로는 말이 필요치 않을 때도 있다. 그저 마음으로 통하면 되는 것, 그래서 몇 줄의 글만으로도 전해지는 감동이 있다면 내게도 글벗들이 한 발자국 다가와 주지 않을까 기대한다.

여행의 참 멋은 목적지에 다다르는 것이 아니라 어딘가로 향해 가는 과정이니까.

골목길은 그리움이다.
그리움은 뿌연 거울 뒷길처럼 미로에서 건져내는 과거가 아니다.
울면서 지났던, 기쁨에 겨워 지났던 그길.
골목길은 그래서 언제나 그리움이다.

골목길

골목길은 그리움이다.
그리움은 뿌연 거울 뒷길처럼 미로에서 건져내는 과거가 아니다.

내가 어릴 적에 살던 동네는 유난히 골목이 많았다. 변두리인 탓도 있고 주변에 벽돌 공장이 들어서면서 쪽방을 여러 개 만든 집들이 늘어난 것이다. 그곳에서도 우리 집은 제일 골목 깊은 곳에 있었다. 왁자한 놀이판이 벌어지는 낮과 어둡고 음습한 느낌의 어두운 골목길은 두 개의 얼굴을 가지고 있었다. 그래도 우리는 서울특별시 시민이었다.

　너무 멀어 보이지 않는 숲 또 그 숲 너머 산봉우리들이 저녁 땅거미 속
으로 가라앉아 없어지는 저녁, 골목길의 시작인 언덕배기 물길을 타고 이
리 비틀 저리 비틀 넘어오시는 아버지. 술이 거나하게 취한 날이면 아버
지는 어머니를 앉혀놓고 밤새 지난 세월 고생한 이야기를 했다. 어머니는
그런 아버지에게 이골이 났는지, 말없이 꿀물과 자리끼를 챙겼다. 그리곤
알 수 없는 어른들의 은밀한 비밀처럼 안방에서는 탄식 같은 아버지의 목
소리가 어둠을 따라 끝없이 이어졌다.

　과거로 가는 좁다란 골목길, 가난한 삶의 온갖 것을 여과하면서 삶다움
의 모습을 투시하게 하는 그리움에 매달린 것들……. 허름한 이름 없는 싸
구려 신발을 신고 뛰어다니던 아이들은 유리창 너머 진열되어 있는 나이
키 운동화를 보며 골목길을 달렸다. 달리다 삐죽 튀어 오른 돌멩이에 넘
어져 빨간약으로 뒤범벅된 무릎을 또 다친다.

　골목길은 그리움이다. 그리움은 뿌연 거울 뒷길처럼 미로에서 건져내는

과거가 아니다. 지나간 것이기는 하되, 잃어버린 것이기는 하되 또 부서
진 것이기는 하되 그것들을 다시 지니고 싶어하고 만지고 싶어 하지만 이
제는 그럴 수 없다는 것, 그것이 그리움이다.

 울면서 지났던, 기쁨에 겨워 지났던 그 길, 골목길은 그래서 언제나 그
리움이다.

또 하나의 세상

소리없는 들꽃의

여리디 여린 목소리를 들어 볼 수 있다면 얼마나 좋을까

　가을이 길 위로 내려앉았다.

　가을을 밟으며 나날이 짧아져 가는 햇살이 아쉽다는 생각이 드는 날, 엘리베이터 안에서 한 여자아이를 만났다. 복숭아빛 뺨을 가진 말간 얼굴의 아이는 나를 보고 환하게 웃으며 과자 하나를 내밀었다. 처음 보는 아이였다. 고맙다며 살짝 웃어주었더니 아이는 싱긋 웃을 뿐 아무 말이 없다. 수줍음 많은 아이라는 생각이 들었다.

 그리고 며칠이 지났을까, 아이들의 시끄러운 소리와 울음소리가 동시에 들려왔다. 무슨 일인가 싶어 내다보았더니 동네 개구쟁이 녀석들이 한 아이를 놀리고 있었다. 아이는 놀랐는지 두 귀를 막은 채 마구 소리를 질러댔다. 갑작스러운 괴성에 개구쟁이 녀석들이 주춤주춤 달아나기 시작하고 소리를 질러대던 아이의 엄마가 달려와서야 겨우 괴성을 멈추었다. 아이는 말을 하지 못했다. 순식간에 울음을 그친 아이는 언제 그랬냐는 듯 과자를 든 채 나를 올려다보고는 씩 웃는다.

 사실 이웃에 그런 아이가 살고 있다는 것이 내심 마음에 걸려, 되도록 아는체하지 말아야 하며 지내던 어느 날이었다. 현관문이 열려 있었는지 그 아이가 들어와서 우리 집 냉장고를 뒤지는 일이 일어났다. 얼마나 당황했는지, 말 못 하는 아이에게 야단을 칠 수도 없고 그저 묵묵히 자신이 어질러 놓은 난장판 한가운데서 장난을 치고 있는 그 아이를 쳐다볼 수밖에 달리 어쩔 도리가 없었다.

 그러는 사이, 없어진 아이를 찾으러 다니는 중이었다며 아이의 엄마가 조심스럽게 얼굴을 내밀었다. 한눈에 보기에도 벌어진 상황이 기가 막혔는지 그대로 주저앉아 눈물부터 떨구었다. 아이를 씻기고, 엉망이 된 주방도 대충 정리하고 작은 아이와 놀겠다며 떼쓰는 아이를 겨우 달래놓고서야 우리는 찻잔을 앞에 두고 앉았다. OO이는 지금 10살이지만 5살 정도의 지능이고, 다운증후군이라는 병을 가지고 있어 근처에 있는 특수학교에 입학하려고 이곳으로 이사 왔다고 한다.

　다운증후군이란, 염색체의 이상으로 일어나는 장애의 하나이다. 이 장애의 특징은 여러 가지의 발달 중에서도 지능과 사회 인지능력이 다른 아이들에 비해 지체되는 것이다. 탄생의 시작이 수정이라면 부모에게서 받은 염색체 48개는 인간을 완성시키는 중요한 부품이라고 할 수 있다. 그 염색체 하나하나가 각 신체의 장기가 되고 뇌세포를 형성하게 되는데 그중에서 14번 염색체 이상이 다운증후군이란 장애를 만든다고 한다.

　아이가 5살 때 유난히 말이 늦고 낯가림이 심해 병원을 찾았다가 처음으로 이 병을 알게 되었다는 OO 엄마는 조금만 일찍 알았어도 많이 치유가 됐을 텐데 아이가 이렇게 된 것은 모두가 자신의 탓만 같다며 금세 눈시울을 붉혔다.

　한쪽에서는 조금 전까지도 막무가내로 소리를 질러대던 아이가 우리 아이와 재미있게 놀고 있다. 어쩌면 다섯 살 지능을 가진 아이와 실제 다섯 살인 아이가 친구인 것은 당연한 건지도 몰랐다. 아이들 눈에는 어른들의 기준이 아닌 그저 자기들 세계에서 서로 마음이 통하는 친구일 뿐이었다. 서로 과자를 먹여주며 신나게 웃고 떠드는 두 아이를 보면서 '장애라는 것은 눈에 보이는 것이 아니라 우리들 마음속에 있는 것은 아닐까' 하는 생각이 들었다.

　엘리베이터에서 아이를 만났다. 몇 번째 가을을 보내고 나니 어느새 키가 훌쩍 커버렸다. 여전히 나를 보면 무엇인가 건네고 웃는다. 제법 여학생 티도 나지만 아직도 아이는 나와 처음 만났을 때의 모습 그대로이다.

　어느 식물학자가 오랜 연구와 실험 끝에 「식물도 아파한다」는 논문을 발표한 적이 있다. 식물에다 감응 장치를 해 놓고 사람이 접근했을 때의 반응을 그래프로 기록하는 방법이었다. 식물에 물을 주고 정성껏 가꾸는 사람이 다가설 때는 평탄하게 나가던 그래프 선이 식물을 꺾거나 또는 꺾는 사람이 접근할 때면 갑자기 굴곡이 심한 선을 그림으로써 강력한 반

응을 나타냈다고 한다. 식물도 고통을 느끼고 두려워하고, 싫은 사람에게
는 거부반응을 보이는 것이다. 식물도 아마 우리 귀엔 들리지 않을 정도
의 약하디 약한 소리로 울고 있을지 모른다.

　말 못 하는 아이라고 놀리는 아이들, 그리고 어른들, 이따금 소리 없는
풀들의 여리디여린 목소리를 들어 볼 수 있다면 얼마나 좋을까. 보이지
않는 것, 들리지 않는 또 하나의 세계를 물끄러미 들여다보면서 눈앞의
현실에 집착하는 우리들의 이기심을 다시 한번 생각한다. 한 번쯤 돌아보
면 어떨. 우리가 행하는 마음이 아이들에겐 거울이 될 것이므로.

천고심비

가을이 깊어간다.

앞으로 밤도 점점 더 깊어질 것이다.

　이상한 웃음소리가 났다. 소리 내어 웃지도 못하고 터져 나오려는 웃음을 억지로 참고 있는 듯 아이들의 작은 웃음소리가 서점 한쪽 구석에서 들려왔다. 무엇이 그리도 재미있을까 궁금하여 슬쩍 들여다보니 다름 아닌 만화책이었다. 서점 한구석에서 쪼그리고 앉아 읽는 만화책이 저렇게도 재미있을까 싶었지만 만화책 한 권조차도 제대로 빌려 볼 수 없었던 나의 유년시절이 생각나 슬그머니 내 입가에도 웃음기가 돈다.

나 역시 책 읽기를 좋아한다. 나 아닌 남의 인생이 또는 상상의 인물들이 겪어내는 숱한 과제를 그들은 어떻게 풀어가고 있는지 혹은 어떤 생각을 하며 어떤 인생을 살고 있는지 알 수 있을뿐더러 미처 알지 못했던 소중한 지혜를 빌려 올 수도 있기 때문이다. 직장 초년생일 때도 월급날만 되면 항상 몇 권의 책을 사고는 했다. 그렇게 오랫동안 쌓인 책들이 어느 틈엔가 애물단지 1호가 되어 제일 덩치 큰 짐이 되어 버렸다.

사실 학창 시절에는 물론이고 바쁜 직장 생활 중에도 틈틈이 꽤 많은 책을 읽었다. 그런데 결혼을 한 후로는 아예 책과 인연을 끊고 지냈다. 맞벌이를 하느라 늘 시간에 쫓기기도 했고 번번이 피곤하다는 핑계로 책을 멀리하다 보니 언제부터인가 조금이라도 두툼한 책을 볼라치면 머리부터 아파온다.

휴일 오후, 청소를 하다 책꽂이 한쪽에서 대학의 전공서적을 발견했다. 순간, 잊고 지냈던 학창 시절이 떠오르기도 하고 어떻게 이 책으로 공부를 했던가 하는 생각에 책을 펼쳐 보았다. 처음엔 책상에 얌전하게 앉아서 읽었다. 그러나 잠시 후엔 방바닥으로 내려앉았고 결국은 모르페우스

(잠의 나라 대왕)의 마법에, 젊은 날 이상을 꿈꾸게 했던 대학 전공서적은 순식간에 베개로 전락하고 말았다.

그렇게 책과 멀어진 어느 날 첫 아기를 낳았다는 소식에 친구가 선물을 보내왔다. 육아에 관한 책이었다. 나는 서투른 나의 육아지식을 어떻게든 보완해 보려 오랜만에 책을 들었다. 그리고는 몇 권의 육아 서적을 밤새 읽었다. 다음날부터는 책에 적혀 있는 대로 아기에게 체조와 일광욕을 시키고, 적당량의 우유를 먹였다. 지금 생각하면 나오느니 웃음뿐이지만 그때는 아기를 잘 키워보려는 욕심에 열심히 책을 읽고 그대로 따라 했다.

하루는 수유시간을 조절하려고 책을 보았더니 4시간마다 먹이는 것이 가장 이상적이라고 적혀 있었다. 배고프다고 우는 아이를 어르고 달래가며 그 시간을 어떻게 버텼는지 모른다. 나는 나대로 아기는 아기대로 지쳐 다음부터는 책의 조언을 포기하고 아기와 내가 편한 시간을 택해 버렸다. 육아 서적을 열심히 읽었다고 해서 갑자기 훌륭한 어머니가 될 것이라는 생각은 없었다. 하지만 그 일 이후 새삼 책 읽기가 재미있다는 생각이 들었다. 내가 처한 관심사여서 그랬던 건지, 아기를 기르면서 그동안

의문 나는 점이나 조심해야 할 것 등을 자세히 가르쳐주는 그 책의 고마움을 느껴서인지는 모르겠다. 몇 권의 육아 서적은 아기를 기르는 데 훌륭한 길잡이 역할도 해 주었지만 그 이상의 소득이 있었음은 분명하다.

요즘은 감각적인 영상이 사람의 마음에 훨씬 선명하게 각인되어 남는다. 나 또한 컴퓨터에 올려진 글을 읽고 영화를 본다. 그럼에도 손에서 책을 놓을 수 없는 것은 내 마음의 폭을 넓혀주고 깊이 있는 생각을 이루어주는 데는 독서만큼 좋은 친구가 없을 듯해서다.

오늘은 먼지 쌓인 책장을 청소해야겠다. 혹 오래전 밤 잠 못 이루게 하던 소설집 한 권이라도 발견하면 더욱 기쁠 것이다. 좋은 책을 만나는 것은 좋은 친구를 만나는 것과 같다고 했으니 언젠가 한 번 읽었던 책을 다시 펼쳐 들었을 때는 옛날 친구를 만난 것 같은 큰 기쁨을 느낄 수도 있을 테니 말이다.

중국의 석학 임어당(林語當)은 독서를 풍류가 느껴지는 일로 해석했다. 진실일로(眞實一路)의 사색으로 해서 사람의 외모에 매력이 더해지고 대화에 멋스러운 풍미가 더해지는 것이니 독서의 목적엔 그 이상이 없노라고 하였다.

책은 읽는 이가 임자이다. 전에는 책 빌려달라는 바보, 빌려주는 바보, 빌려준 책 돌려달라는 바보라고 했지만 이제는 그런 식의 무모한 책 독점 시대는 지나지 않았나 한다. 좋은 책이 있으면 서로 빌려주고 빌린 책은 깨끗이 읽고 돌려주는 것이 예의이다.

가을이 깊어간다. 앞으로 밤도 점점 더 길어질 것이다. 수면제로서가 아니라 마음을 따뜻하게 하는 화롯불 같은 책을 찾아보면 어떨까.

천고심비(天高心肥)의 계절을 마중 한다.

만남 – 은어와 보낸 하루

은어가 올라오는 섬진강의
잔잔한 물살이 울컥 눈가에 밀려올지도 모른다.

희망이 늘 우리 곁에 가까이 있음을 잊고 산다. 마음을 비우는 일과 비
워둔 마음의 끄트머리에 서서 희망을 기다리는 일 그것은 우리가 살아가
는 동안 가치를 부여할 중요한 일 가운데 하나이다. 힘겨움에 때때로 파
도치는 격랑에 헤매일 때, 어느새 마음의 밑바닥에 와닿는 희망이라는 인
기척은 곧 내게서 내게로 오는 것이다. 무릇 사람의 마음은 잴 수 없는 깊
은 수심으로 이루어져 있다고 했다. 그래서 희망이라는 것은 우리의 어느

곳으로부터, 어떤 의미로 다가오는지는 알 수 없다.

『만남, 은어와 보낸 하루』를 쓴 작가 원재훈은 시인이다. 오래전 친구로부터 원재훈 시인의 시집을 선물 받아 읽은 적이 있는데 서정적인 섬세함이 오랫동안 기억에 남았다. 시를 쓴 작가가 소설을 썼다면 그 느낌은 어떨까, 산문 속에서 그의 서정성은 어떻게 빛나고 있을까.

진정한 만남의 순간에만 사람의 마음이 투명해지고 온전해질 수 있다는 믿음을 갖고 사는 주인공은 잘나가는 광고회사 사진작가이다. 그러나 어느 날 갑자기 십 년 이상을 다니던 회사가 파산을 한다. 파산의 충격은 주인공에게 비현실적으로 느껴지고, 다시 찾은 회사 앞에서 그는 자신이 살아온 것이 아니라 어떤 조직에 의해 움직여 온 가짜의 자신만이 남아 있음을 깨닫는다. 이제는 정말로 나를 찾아야 하지 않을까 하는 생각에 섬진강 가에 이르고 그곳에서 은어를 만남으로 비현실적 경험을 하게 된다.

은어와의 만남, 은어는 그가 올 것을 알고 있었다고 말한다. 은사시나무 아래에서 아주 오랫동안 세월을 기다려왔다고. 그리고 은어는 이야기를 시작한다.

　당신도 예전엔 은어였지요. 햇살이 더 이상 들어오지 않는 곳에서 우리는 처음 만났어요. 길을 잃어버린 당신을 그곳에서 처음 만났을 때 나는 혼자가 아니라는 생각에 기뻤고, 길을 찾을 수 있을 것 같은 희망에 가슴이 뛰었어요. 그리고 어두웠지만 길이 보였어요. 바다로 가는 길이. 심해에서 길을 잃었을 때 도와주셨던 '깊은 곳의 눈동자님'의 말씀을 기억하나요.

　"시작이란다. 이렇게 둘이 만났다는 것은 이제 시작이라는 말이지. 태어나면서부터 이미 정해진 것은 하나도 없단다. 지금도 수없이 많은 물고기들이 태어나지. 그중에서 대부분은 더 큰 물고기들에게 잡혀먹히고 살아남은 물고기들은 이 바다를 만들어 간단다. 생각해 보렴. 무엇이 가장 너희들을 기다리는지. 어둠 속에서 가장 잘 보는 방법이 무엇인지. 그것만 알게 되면 바닷속의 길은 열린단다.

　너희가 나가게 되는 세상에 정답은 없단다. 항상 그때그때 깨달아야 하는 거지. 아무도 너희에게 무엇을 가르쳐 줄 수 없다. 가거라. 그리고 다시는 돌아오지 못할지라도 기억하고 있어야 한다. 어둠 속에서 빛을 보는 방법을"

　그래서 우리들은 몸 위로 쏟아지는 별빛을 바라보며 이정표 없는 바다를 건너 강으로 돌아가기로 했지요. 우리가 가고 있는 이 길이 정말 강으로 가고 있는 걸까 하는 의문이 들 때마다 우리의 주위에는 끊임없이 우리에게 갈 길을 알려주는 것들이 있었어요.

　오늘 우리의 삶은 그 만남의 결과이다. 만남이 없으면 삶 또한 없다. 삶이 없다면 희망 또한 없는 것이 아닌가. 그래서 이 이야기는 바로 우리 삶의 상처 위로 떨어지는 꽃잎과 같다는 생각을 하면서 큰 위안을 받는다. 시인의 싱그럽고 섬세한 감성이 드러나는 짧은 문장들과 글에서 풍기는 한없이 투명한 분위기가 소설보다는 어른 동화 같은 느낌이다. 한 줄의 좋은 시와도 같은 잠언들 또한 마음을 편안하게 해 준다.

　작가는 세상의 모든 것들은 어디론가 가고 있고 또 어디론가로 가는 것이 바로 세상이라는 것을, 그리고 세상 속에서 무엇인가를 이루고 또한 자신의 모습을 찾는다는 것이 생각처럼 쉽지가 않음을 말해준다.

　세상의 어떤 아름다움도 정해진 법칙은 없다. 그러니 설명하려 하지 말고 마음이 향하는 곳으로 가면 된다. 그리고 어느 날 사라질 때 사라지고 태어날 때 태어나는 모든 것을 바라보자. 그것만이 진실이니까.

이 책의 마지막 페이지를 넘기고 나면 은어가 올라오는 섬진강의 잔잔
한 물살이 울컥 눈가에 밀려 밀려올지도 모른다.

오디세이

어딘가에서 떠나 왔으니
어떻든 그곳으로 다시 돌아가야 함이 분명함에도.

계절이 떠나려 하고 있다. 다시 돌아올 테지만. 산과 들 지나치는 사람들 아니 온 천지가 가을 햇살에 무르녹아 신명이 난 듯 단풍이 만발한 곳으로 잰걸음 바쁘다. 깊어지는 가을, 자연의 목소리는 사람보다 훨씬 감동적이고 설득력이 있다. 외롭다고 슬프다고 말하지 않아도 우리를 감정의 계곡으로 이끌고 있으니 말이다.

가을은 거둠의 계절이다. 그곳이 밭이랑이든 둑방이든 상관없고, 세상사 고단함 다 접고 다시 한 줌 흙으로 돌아간 누런빛의 무덤가에도 이미 초록빛은 소명을 다한 순교자의 얼굴을 하고 있다.

요즘처럼 가을 햇살이 절정일 때 친정어머니의 묘소에 가면 향나무 한 그루가 홀로 서서 나를 반긴다. 어머니 묘소는 충남 온양 시내에서 조금 떨어진 공원묘지에 안장되어 있다. 헤아릴 수 없이 많은 묘들이 등성이마다 가득한데 머지않아 시에서 개발할 예정이라 이장을 생각하고 있다. 생전에 이사하는 것을 그렇게도 싫어하셨는데, 또다시 집을 옮겨드려야 한다는 생각에 마음이 무겁다. 묘를 돌며 잡초를 뽑다 보니 가을볕에 등이 후줄근하다.

쉬었다 할 요량으로 묘비 옆에 잠시 앉았다. 건너편 산등성이에 잘 꾸며놓은 묘소가 말끔하니 좋아 보인다. 한눈에 보기에도 십여 평은 족히 넘어 보인다. 넓은 봉분의 묘 옆에는 근사한 석상도 세워져 있다. 겨우 한 평 남짓 되는 어머니의 묘소와 비교되어 마음이 영 편치 않다.

어머니는 십여 년 전에 돌아가셨다. 암으로 오랫동안 고생하다가 쉰셋의 이른 나이에 우리 곁을 떠나셨다. 어머니가 돌아가시자 친척들이 나서

114

서 묏자리를 구하느라 야단법석이었다. 집에서 가까워야 한다느니, 고향
으로 가야 한다느니, 땅값이 싼 곳은 따로 있다느니 하면서 저마다 한 마
디씩 거들었다. 아버지는 경황이 없기도 했지만 친척들의 말에 별다른 내
색은 하지 않으셨다. 그러다 누군가 화장하자는 의견을 내놓았다. 땅값도
비싸고 선산도 없는데 공원묘지에 안장하게 되면 언젠가는 다시 비용을
들여가며 이장을 해야 할지도 모른다는 이유였다.

순식간에 화장하자는 쪽과 매장하자는 쪽으로 편이 갈렸다. 돌아가신
어머니를 놓고 시끄럽게 논쟁을 벌이는 일이 마땅치 않았던 나는 무조건
매장해야 한다며 화장에 대한 의견을 단숨에 일축시켜 버렸다. 조금이나
마 어머니를 기억할 수 있는 곳이 필요하다는 생각에서였다.

어머니가 돌아가신 후 십 년, 세상없어도 매장해야 한다며 소리치던 나
는 1년에 한두 차례 밖에 묘소를 찾지 못한다. 물론 바쁘다는 이유다. 다
른 형제들도 마찬가지다. 그러다 보니 어머니 묘는 물론이고 조상들 묘소
관리까지 전부 홀로 남으신 친정아버지 몫이 되고 말았다. 벌초하느라 팔
과 다리에 온통 풀독이 오른 아버지를 볼 때마다 괜히 어머니를 매장하자

고 했었나 하는 후회도 든다. 제대로 돌보지도 못하면서 그저 남들 이목 때문에 그랬던 것은 아니었나 하고 말이다.

　이제 곧 친정어머니를 비롯하여 몇몇 조상님의 산소를 이장해야 한다. 그래서 식구들은 가족 납골당을 만드는 것이 어떨까 생각 중이다. 사실 살아서야 기거할 집을 마련하기 위해 애써 일하는 것을 마다하지 않을 일이지만 죽어서까지 몇 평의 땅이 필요하고 그래서 전국의 좋은 묏자리를 찾아 돌아다녀야 한다면 그것만큼 부질없는 일이 또 있을까. 그렇잖아도 몇 십 년 후에는 유택으로 쓸 땅도 없을 거라는데 말이다.

　나 역시 돌아갈 것이다. 그렇다고 내가 누울 단 한 평의 땅도 마련할 생각은 없다. 언젠가 사망 시 매장 대신 화장하겠다는 서류에 사인한 적이 있다. 그러나 화장하는 것도 한 평의 땅을 구하는 것보다 그리 만만치는 않은 것 같다. 화장을 하려면 그에 필요한 시설이 가까운 우리 주변에 들어서야 하는데 그 시설에 대한 반대 목소리가 제법 크다고 한다.

　화장장이 생기는 것에 대해 근처에 살고 있는 주민들의 걱정도 어느 정도 이해는 한다. 하지만 어느 곳에는 결국 만들어져야 하는 것이고 꼭 필

요한 시설이라는 생각은 가지면서도 우리 동네에 들어와서는 절대 안 된
다는 님비현상을 언제까지 받아 들여야 하는 것인지.

기억에도 까마득하지만 상여를 본 적이 있다. 화려하게 치장한 상여가
마을을 지나면 그 뒤를 친구들과 함께 따라갔다. 맨 앞에서 종을 치며 부
르는 노랫소리가 어린 우리들에게 재미있게 들린 모양이다. 이처럼 상여
는 혼례와 같이 온 동네 사람들이 함께 하는 행사였다는 걸 사람들은 까
맣게 잊어버린 모양이다.

이러다 죽으면 나의 유골이 갈 곳 없는 천덕꾸러기가 되어 원치 않는 오
디세이를 해야 하는 건 아닌지 모르겠다. 어딘가에서 떠나왔으니 어떻든
그곳으로 다시 돌아가야 함이 분명함에도.

믿음에 대하여

버거운 혼돈의 세상에서
중심을 잡는 일만큼 어려운 일이 또 있을까.

　노을빛이 싸하게 가슴으로 다가오던 어느 해 겨울, 지인들과의 송년회
가 있었다. 그날 친분이 있던 목사님으로부터 마음에 두고 있는 종교가
있느냐는 질문을 받았다. 하지만 뭐라 말을 해야 할지 머뭇거리다 결국
답변을 하지 못한 채, 글쎄요… 하고 웃음으로 얼버무리고 말았다. 모임
이 끝나고 돌아온 저녁 내내 과연 나는 어떤 종교를 마음에 담고 있는 것
일까 생각했다. 기독교, 불교 아니면 무종교라고 해야 하나.

　어찌 보면 나의 종교에 대한 관념은 다분히 다원적이라 해야 옳을 것이다. 어렸을 적에 성탄절이 임박하면 친구들과 십자가를 그려놓은 삶은 계란을 얻기 위해 교회에 다녔다. 예배를 보러 간다고는 하지만 우리들의 관심사는 예배가 끝난 후에 전도사님이 나누어 주는 과자나 사탕 같은 먹을 것들이었다. 중학교 2학년 때 교회 가는 것을 그만두었는데, 그저 친구를 따라 교회에 왔다 갔다 하는 나 자신의 모습이 의미 없다는 생각이 들어서였다. 여고 때는 수녀님의 정갈한 모습에 반하여 성당에 다니기도 했다. 하지만 애초부터 천주님에 대한 믿음이 있었던 것도 아니었고, 감상적인 마음으로 따라나섰던 까닭에 결국 교리 공부하는 것이 싫증 나 6개월쯤인가 다니다가 그만두었다. 그 이후로는 교회든 성당이든 그 어느 쪽으로도 발길을 옮긴 적이 결혼 전까지 한 번도 없었다.

　그러다 우연히 다시 교회를 찾게 된 일이 있었다. 작은 아이가 4살 되던 해 봄, 놀이터에서 놀던 아이가 잠깐 한눈을 파는 사이 없어져 버렸다. 아무리 찾아도 보이지 않았다. 혹시 누가 데려갔는지, 버스를 좋아하는 아이라 지나가는 버스에 훌쩍 올라탄 건 아닌지 별의별 생각을 하며 경찰

서에 미아 신고까지 해 놓았다. 동네 놀이터를 수없이 찾아 다녀보고 지나다니는 버스 회사에도 연락해 놓았지만 아이는 몇 시간이 지나도록 소식이 없었다. 영영 잃어버릴 것 같은 불안감이 계속 밀려들었다.

그때 보이던 교회당 탑. 망연자실 넋 놓고 있던 내게 그것은 무조건 매달려야 할 동아줄이었다. 평소에 교회를 나갔었는지 아닌지는 생각할 겨를도 없이 무작정 달려갔다. 그리고 간절히 기도했다. 아이를 찾게 해 달라고, 꼭 돌아오게 해 달라고. 그렇게 엉겁결에 교회에 들어가게 되었다. 간절한 기도 때문이었을까, 정신없이 동네를 헤매다 집에 들어서니 아이가 돌아와 있었다. 엄마는 저를 찾느라 넋 나간 사람이 되었는데 아무 일도 없다는 듯 웃고 있는 아이를 보니 울컥 야단도 치고 싶었지만 그래도 그저 어디 갔다 왔느냐며 한참을 안아 주었다.

사실 아이 때문에 우연찮게 교회를 한번 찾아가기는 했지만 요즘에도 평소 마음에 담고 사는 특별한 종교가 있는 것은 아니다. 하지만 굳이 이쪽 저쪽을 구분하자면 불교에 조금 가까운 것 같다. 몇 년 전 돌아가신 시어머님이나 친정어머니 기일에 가끔 찾게 되는 곳이 절이기 때문이다. 그

렇다고 정해놓고 부처님을 향해 불공을 드리는 것도 아니다. 명절이나 초
파일이 되면 초나 향을 사 들고 가는 정도이고 1년에 몇 번 가족 이름이
적힌 등에 촛불 밝히는 일 밖에 한 적이 없음을 고백한다.

　가끔 신상명세를 적어야 할 때가 있다. 그런데 종교를 묻는 항목이 있으
면 무종교에 표시한다. 굳이 불교라고 하기에도 기독교라고 하기에도 나
의 종교는 그 어느 쪽으로도 반듯한 선을 긋기가 분명하지 않기 때문이
다. 언젠가 큰 아이가 교회에 다녀도 되느냐고 물은 적이 있다. 굳이 내가
결정해 주기도 그렇고 스스로 마음이 시키면 그렇게 하라고 승낙했었다.
아이는 웃으며, 자신은 유교를 좋아한다고 했다. 나도 누군가 종교를 묻
는다면 유교라고 하면 어떨까 하는 생각도 든다.

　종교를 원하는 진정한 이유는 무엇일까. 아마도 그것은 절망의 끄트머
리에서 우리를 구원해 줄 보이지 않은 무엇을 기다리는 일인 것 같다. 시
합을 앞둔 운동선수들의 승리를 향한 열망, 몸과 마음이 아픈 사람들의
치유를 위한 기도, 대학 시험을 치르는 수험생의 안타까움까지 사람들은
머리 숙여 자신을 낮추고 기원한다. 그것뿐인가, 사소한 일상의 힘겨움에

눈시울 적시며, 간혹 더디게 아물어 가는 자신의 상처를 원망하고 하늘을 탓하면서도 돌아서서는 누군가로부터의 위로를 원한다. '도와주세요'라고. 그래서 무릇 신앙이란 수많은 사람들의 영혼을 껴안고 어루만질 관용과 자애가 필요한 것이다. 때론 용서를 구하고 아픔의 가슴을 치유하고 나약한 마음에 강건함도 나누어주어야 하기 때문이다.

　나 여기 나약한 존재의 인간이다. 하지만 무엇보다 나 자신을 믿으려 한다. 버거운 혼돈의 세상에서 중심을 잡는 일 만큼 어려운 일이 또 있을까. 나 스스로를 믿으려는 노력, 그것이 지금 필요하다.

내 삶의 고해성사

떠나온 뒤에야 잘 보이는 바다의 푸르름처럼
문학은 세상을 바라보게 하는 평생의 스승이요 벗이다.

　누군가로부터 예쁘게 포장된 문고판 책을 입학 선물로 받았다. 황원순의 『소나기』. 소년과 소녀의 만남, 작은 설레임. 그 어린 주인공들에게서 느껴지는 미묘한 감정들에 푹 빠져 족히 서른 번도 넘게 읽은 것 같다. 문학과의 만남은 그렇게 '소나기'로 시작되었다.

　아마도 그때부터 수많은 책들과 그 속에서 느껴지는 다른 세상들을 바라보며 나의 어쭙잖은 글쓰기도 시작되었던 것은 아닐까 생각한다. 그래

서 나에게 있어 문학이란 보이지 않는 얽힌 실타래처럼 오랜 시간 동안
얽혀 있었다고 믿는다. 받아줄 대상도 없으면서 나는 보내지지 않는 서투
른 자작시와 절절한 편지를 날마다 써야 했다. 그렇지 않고서는 나의 마
음속에 끓고 있던 문학의 갈증을 해소할 다른 방법이 없었다.

사실 지금의 나의 문학이란 어쩌면 쏟아 놓을 수 없는 열정으로 밤새
써 내려가던 그때의 편지, 일기로 연마하던 문장 실력은 아닌가 생각한
다. 대상 없는 연서(戀書)를 수없이 쓰고 지우며 저 혼자 감동하여 스스
로 대단한 문필가가 된 착각에 빠졌던 그 시간들이 지금 생각하면 나오
느니 실소뿐이다.

지나가는 삶의 그림자, 문학……. 시간, 시간이 지나간다. 매몰차게 절
대 뒤돌아보는 법이 없다. 그렇게 나는 세월을 보낸다. 나이는 사람을 변
하게 만든다. 누구도 들여보내지 않을 견고한 내 삶의 울타리도 어느 틈
엔가 조금씩 무너져 가고 있다. 마흔의 다리를 넘어서서 바라보는 세상
은 눈을 감아야 더 많이 보이고, 더 깊이 느껴지는 것을 어찌할까. 그래
서인가 세월은 아직까지도 온전히 세상 밖으로 나오지 못하는 나를 비

124

웃고 있다.

혹독한 추위, 한 살 더 보태지는 이 나이의 무게는 몰아치는 북풍처럼 무섭고 두렵다. 그래도 나는 믿는다. 해묵은 나뭇잎은 제 나무 발치에서 썩어지는 법이다. 썩어져서 마침내 제 그루의 밑거름이 되어 주기 마련인 것처럼 지난날, 삶을 얼룩 지운 실수도 좌절도 수치감도 나의 삶에 밑거름이 되어 줄 것이라는 이치를, 또한 사십여 년의 깊은 회한 모두가 남은 나의 삶과 문학을 기름지게 하는 거름이 될 것임을 말이다.

문학은 마음을 비우는 일이다. 사실 나는 그 일에 익숙하지 못하다. 그래서 글 쓰는 작업을 나를 다스리는 수행의 방법으로 택했는지도 모른다. 직업상 많은 사람을 만나고 수많은 말을 해야 한다. 그래서 가끔은 입을 닫고 생각에 잠기는 침묵, 마음을 비워두는 연습을 해야 할 때가 있다. 사실 누군가를 위해 마음에 빈 공간을 마련해 두는 일 만큼 중요한 일이 또 있을까.

비록 내 안에 아픔이건 기쁨이건 더러는 억울한 일로 오해받는 때에라도 어떤 해명이나 변명조차 하지 않고 묵묵해지고 싶을 때가 있다. 결국 내게 있어 문학은 떠나온 뒤에야 잘 보이는 바다의 푸르름처럼, 돌아보게 하고 다시 한 걸음 떨어져 세상을 바라보게 하는 평생의 스승이요 벗이다.

문학은 한 시대를 살아가는 사람들의 이상적 삶의 결정체이다. 그러기에 우리가 추구하는 이상향이거나 혹은 누구나 지나와야 했던 세상살이의 보이지 않는 작은 편린들을 고백하는 고행성사의 의미를 갖는지도 모르겠다.

소나기가 아닌 가랑비 같은 삶을.

섣달이 주는 의미

섣달이 지나가고 있다.

아직 내게 남겨진 일들이 너무 많다.

   섣달, 이는 한 해의 마지막 의미이다. '마지막'이라는 말이 안겨 주는 마음의 추위 때문인가, 살갗을 에이는 듯한 추위가 더욱 매섭다. 돌아보면 내가 살아온 시간들은 그림자 하나 보이지 않고 휑하니 남겨 놓은 달력 한 장만이 섣달의 마지막 길목에서 안타까움과 속절없는 내 빈손을 더욱 시리게 한다.

   음력 12월의 끝자락, 섣달.

  고사(古事)에 사계(四季)라 하여 사람이 살아가는 데 필요한 네가지 기본이 되는 계획을 적은 적이 있다.

  (一日之計在于晨, 一年之計在于春, 一家之計在于和, 一生之計在勤)

  이는 곧 하루의 계획은 새벽에, 한 해의 계획은 봄에, 일생의 계획을 위한 첫째 근본은 부지런함에, 한 집안의 행복을 계획하려면 무엇보다 화목이 우선되어야 한다는 말이다. 이 고사는 무슨 일이든 처음에 계획을 세우는 일이 얼마나 중요한 일인지 강조한 것이리라.

  나 또한 양력 새해 첫날에 금년에는 좀 더 많은 책을 접하려고 계획을 세워 보았다. 모처럼 서점에 나가 몇 권의 책을 구입했다. 손에 느껴지는 묵직한 책의 무게는 내 마음까지 풍요롭게 만들었다. 하지만 무엇이든 뜻대로 되는 바가 없다는 것을 깨닫는 데 그리 오래 걸리지 않는다. 적지 않은 금액으로 구입해 놓은 책들은 나란히 책장에 줄지어 서서 나를 기다리다 지쳤는지 머리엔 뽀얀 먼지 모자를 덮어쓴 채 침묵하고 있다.

  어느새 1월이 가고 있다. 새해가 되면서 세워 놓았던 나의 독서 계획은 놓쳐버린 마지막 기차처럼 저만치 지나가 버리고, 나중에 구입할 도서의 제목을 적어 놓은 목록표도 이미 어디로 사라져 버린 지 오래다. 그러다 보니 일 년의 시작인 첫 달부터 나의 계획은 물거품이 되어 버렸다. 책장에 넣어 놓고 까맣게 잃어버렸던 책들에게 미안하기도 하고, 서점에 있는 책들은 모두 읽을 것처럼 일일이 제목을 들여다보며 목록을 적어대던 내 모습이 부끄러울 뿐이다. 필경 누구에게도 말하지 못할 나의 게으름과 불찰의 소양이다.

그런데 문득 떠오른 것이 있었다. 음력 정월. 그래, 음력설이 있잖아. 사실 우리나라에서 새해는 엄연히 양력이 아니라 음력이니까 아직 새해가 오지 않은 거잖아. 그러니까 음력 정월부터 시작하는 거야. 나는 쾌재를 부르며 월별로 기재해 놓은 독서란에 '음력 1월부터 시작'이라고 적었다. 사실 궁색하기 그지없는 행위였지만 어쨌든 음력 정월이 오지 않은 덕에 나의 신년 계획은 다시 시작하게 되었다.

우리 인생에서 다시 살아볼 수 없는 1999년이 지나갔다. 1년이 지나가고 다시 이곳에 서 있으려니 마음은 어수선하고 감정은 지쳐있고 지나가 버린 시간에 피로감과 무기력감만 남은 듯하다. 하늘 한 번 제대로 올려다보지 못하고 분주하게 살아온 아쉬움 때문인지, 뜻한 일들이 아직 내 어깨에 짐으로 남아서인지 유난히 올해의 섣달은 나의 심신을 움츠러들게 한다. 작년 이맘때 새로운 계획과 마음가짐으로 시작했던 학업, 생각했던 만큼 성과를 내지는 못했다. 하지만 나 자신을 위해 시작한 일 아니던가. 만족스럽지는 않더라도 최선을 다했던 시간이었다고 스스로를 위로해 주었다.

새로운 1년이 시작되었다.

나의 새로운 독서계획의 시작은 김정환의 『전망은 그릴 수 없는 아름다운 그림』이라는 긴 제목의 산문집으로 정했다. 이 책은 시인, 소설가로써 살아온 작가가 십수 년의 자기 성찰과 문학작품을 시대적 관점으로 분석한 문학 평론집이다. 앞으로 내가 써야 할 글에 대한 생각들을 정리하는 데 도움을 얻을까 해서다.

창밖으로 이 섣달 추위에도 아랑곳하지 않고 꿋꿋이 서 있는 나목들이 보인다. 묵묵히 늘어서서 한 겨울 모진 추위에 몇 번이나 가지가 아픈 절상을 당해도 땅 밑의 뿌리는 생명력의 풀무질을 끊이지 않는다.

섣달이 지나가고 있다. 아직 내게 남겨진 일들이 너무 많다. 섣달과 함께 나의 게으름도 떠나보내고 내게 남겨진 일들을 하나씩 찾아가 만나게 하겠지. 남은 일들을 위해 내 가슴을 덥힐 조촐한 새해 희망을 기다려 본다.

추억을 가진 것만으로 충분치 않다.
추억이 많으면 그것들을 잊을 수 있어야 한다.
추억들이 되살아올 것을 기다리는
큰 인내가 있어야 한다.

일상의 응시

끝이며 시작인 죽음을 만나는 일이야말로 진정한 삶의

의미를 체험하는 것이다.

응시(凝視)는 일상의 세심한 바라보기에서 시작된다. 실제 우리의 현실
은 살아가기 위한 삶의 방편으로 인간과 혹은 자연과 소통하고 있을 뿐이
다. 어디로부터 시작되었으며 어디로 가야 하는 것인지에 대한 근원적인
물음은 지금보다 훨씬 이전부터 무의미해졌다. 그런 의미에서 릴케의 『
말테의 수기』는 익명의 군상들과 무수히 등장하는 죽음들을 통해 본질
적인 것을 상실하고 표피적이 되어버린 세상에서 깊은 명상과 성찰로 진

정한 삶의 의미를 독자 스스로가 터득하고자 했다.

　우리는 끊임없이 사물을, 인간을 바라보는 연습을 해야 한다. 하늘과 강물과 창 아래쪽의 사람들과 다리 건너의 초록빛 숲과 그곳에서 살아가는 삶에 대한 관심 말이다. 인간과 사물의 깊은 응시야말로 진정한 인간에 대한 탐구이며, 놀라운 경험이 될 것이기 때문이다. 결국 글쓰기는 그러한 삶의 소통과 경험에서 만들어지는 본질적 통찰의 실체이다.

　글쓰기는 체험이다. 한 줄의 시를 위하여 많은 도시들, 사람들 물건들을 보아야 한다. 어떻게 새가 나는지 느껴야 하고 아침에 작은 꽃이 피어나는 몸짓을 알아야 한다. 낯선 지역의 길들을, 예기치 못했던 만남과 이별들을, 그 다가오는 모습을, 오래도록 보고 있었던 이별을 돌이켜 생각할 수 있어야 한다. 아직 해명되지 않은 어린 시절의 날들을, 무언가 기쁨을 가져다주었건만 이해해 드리지 못하여 마음 상하게 해드리고 만 부모님을, 그 많은 깊고 무거운 변용들로써 기이하게 시작하는 어린 시절의 질병들을, 숨 막히는 방 안의 모든 나날들이며 바닷가의 아침을, 바다 전체를 쏴아쏴아 흘러 모든 별들과 함께 날아가 버린 여행의 밤들에 대한 추억들을, 진통하는 여자들의 비명에 대한 기억을 가져야 한다.

또한 죽어가는 사람들 곁에 있어 보았어야 한다. 끝이며 시작인 죽음을 만나는 일이야말로 진정한 삶의 의미를 체험하는 것이기 때문이다. 창문이 열린 방 안에서 죽은 사람 곁에 그리고 치미는 흐느낌 곁에 앉아 있어 봤어야 한다. 그러나 그러한 추억을 가진 것만으로 아직 충분치 않다. 추억이 많으면 그것들을 잊을 수 있어야 한다. 추억들이 되살아올 것을 기다리는 큰 인내가 있어야만 한다. 추억 자체만으로는 아직 글쓰기가 되지 않기 때문이다. 그것들이 우리들 속에서 피가 되고 시선과 몸짓이 되고 우리 자신과 구별되지 않을 만치 이름 없는 것이 되어야 그때야 비로소 한 줄의 첫 단어가 그들 한가운데서 떠오르고 그들에게서 나올 것이다.

나는 세 번의 죽음을 지켜보았다. 어머니와 어머니의 어머니 그리고 시어머님. 그분들의 죽음을 지켜보며 느낀 것은 삶을, 고통을 그 너머의 세계를 아무도 가르쳐 주지 않았다는 사실이었다. 결국 눈앞의 현실과 그 너머의 세계를 글로써 표현할 수 있는 방법은 삶의 매 순간마다 그들과 혹은 그 어느 곳에서 내 눈으로 바라보고 경험해야만 하는 것이다.

　물론 선험적 경험도 분명 작가에게 큰 영향을 미칠 것이다. 그러나 일상의 진실한 응시야말로 한 줄의 글을 위한 소중한 체험이 아니겠는가. 삶도 죽음도 모든 자연도 우리에겐 일상이다. 그렇다면 꽤 시간이 흘러 존재의 뿌리들로부터 겨울을 난 단단한 식물이, 기쁨의 결실이 커가는 것을 볼 수 있을지도 모를 일이다. 책 속에서 시인은 끊임없이 말한다.

　'현실 속에서 보는 법을 배운다'고.

놓아라

노인이 된다는 것은 버려지는 것이 아니라
남은 이들을 위해 유유히 떠나는 둥치 밑을 덮는 일이다.

'놓아라'

대체 무엇을 놓으라는 것인지. 울창한 숲 한가운데 어울리지 않게 우뚝 솟은 붉은색 건물이 눈에 들어왔다. 글귀는 건물 맨 꼭대기에 승리자처럼 우뚝 서 있었다. 깊은 숲속에 자리 잡은 벽돌 건물은 도시 냄새를 물씬 풍겼다. 그래서 더욱 낯설었다. 인적도 별로 없는 깊은 산속. 새소리와 지나가는 바람 소리 그리고 간혹 몇몇의 등산객만 오고 갈 뿐인 적막한 곳이다. 하지만 노인 요양 시설이라는 걸 확인하는 데는 몇 분도 채 거리지 않았다. 작은 이정표가 바람 따라 흔들리고 있다.

은빛실버타운.

놓다. 사전에는 '잡을 것을 잡지 않은 상태로 두다'라고 적혀있다. 이 의미대로라면 '놓아라'는 잡은 것들 즉 가진 것들을 모두 떠나보내라는 뜻이 분명하다. 그러나 그것이 어찌 그리 간단한 일인가. 평생을 조금은 더 나은 삶을 위해 작은 것 하나라도 가지려고 애쓰며 살았는데……. 그렇다면 무엇을 놓아야 할까. 한 평생 쌓아올린 재산, 명예. 그리고 온 정성을 다해 키웠던 자식들. 과연 모두 내려놓고 돌아설 수 있을는지.

얼마 전 현대판 고려장이라 하여 부모를 외국에 버린 사건이 있었다. 50세의 아들은 부모님을 잘 모시겠다는 말로 설득하여 한국의 재산은 모두 처분하게 했다. 그리고는 자신이 있는 필리핀으로 모셔와 돈을 챙긴 후 부모를 타국에 버렸다. 언론에 의해 사건이 알려지게 되었지만. 정작 아들은 너무나 당당했다. 떨리는 손으로 아들을 고소하는 고소장에 사인을 하며 말하던 할아버지의 한 마디가 마음이 아프다.

"그래도, 어렸을 땐 그놈이 제일 잘났었지, 착하고……."

자신을 타국에 버린 정말 천벌받을 자식이지만 그래도 끝까지 부자지간의 끈을 놓지 못하는 그 모습이 너무나 가슴이 아팠다. 부모란 그런 것일까. 자식이 아무리 모질게 해도 끝까지 손을 놓을 수 없는.

우리는 내 자식이 최고가 되어야 한다면서 경쟁심을 키워주고 나 외에는 다른 이들을 돌아볼 시간조차 주지 않았다. 교육이라고 할 수 없는 교육열과 일류 대학에, 일류 직장, 일류 배우자를 만나기 위해 자식들을 가르치지 않았던가. 다른 이를 돌봄으로 행복해하는 모습보다는 이기적이고 옳지 않은 삶을 배워가게 하지는 않았는지.

그렇다면 분명 그것은 어른들의 탓이다. 그래서 어쩌면 내려놓아야 할 것들은 단지 지나온 삶의 회한이나, 물질이 아니라 우리의 자식들이 아닐까 생각했다. 깊게 헤아리지 못했던 삶의 오류가 부메랑처럼 결국엔 내게 돌아온 것이니. 건물에 쓰여진 글귀 '놓아라'는 그래서 선택이 아니라 절체절명의 어쩔 수 없음이다. 버리고, 내려놓지 않고는 떠날 수 없으니 말이다.

　앞으로 우리의 수명은 나날이 연장될 것이다. 어쩌면 사멸이 존재하지 않는 세계, 청년은 없고 노년만이 살아가는 세계가 도래할지도 모른다. 오래된 경험만 있고 새로운 시작은 없는, 놀라고 멈추고 다시 시도하고 기발한 생각을 가지고 사물을 대하는 일은 일어나지 않는 세상. 생각만 해도 아찔하다.

　요즘 젊은 세대의 가치관이 달라지고 있다. 기실 우리 모두 어떤 유형의 부모 혹은 자식이 되느냐 하는 것은 마음 먹기에 달려 있다고 생각한다. 사람답게 살아가는 삶의 질서, 인간 생명에 대한 연민과 가족 관계의 소중함을 돌아보아야 한다.

　우리의 삶은 자연의 순리에 엮여 있다. 떠나고 보내고, 또 다른 세상을 위해 남겨진 씨앗들은 새로운 날들을 맞이하고 감동하며 열매를 맺고 살아갈 것이다. 그래서 노인이 된다는 건 버려지는 것이 아니라 내 자리에서의 역할을 무사히 마치고, 남은 이들을 위해 유유히 둥치 밑을 덮는 일이다. 새로운 의미의 시작이다.

　의장대가 사열하듯 실버타운 입구가 근사한 정원수로 꾸며져있다. 언덕이 가파르다. 이곳에 입소하는 어르신들은 언덕을 넘으며 무슨 생각을 했을지. 불현듯 홀로 계신 친정아버지 생각이 났다. 멀미를 하는 것처럼 어지러웠다.

'안녕, 내 아들 딸들아'

머릿돌에 새겨진 글귀가 돌아서는 내 뒤통수에 와 박힌다.

편지쓰기

쓰고도 보내지 못하는 편지
그런 편지를 밤이 깊도록 쓰고 앉았던 그 시간들이 그립다.

가끔 우편함에 꽂혀있는 편지를 발견한다. 광고지나 행사 안내장인 경
우가 대부분이지만 혹 운이 좋은 날에는 누군가로부터 마음이 담겨 올
때도 있어 출입문을 드나들 때마다 괜스레 한 번씩 우편함을 들여다보
고는 한다.
예전의 나는 편지 쓰기를 좋아했다. 상대방의 얼굴을 마주하고는 잘 전
달되지 않아도 편지를 쓰면 도저히 표현되지 않는 짙은 심중의 한 오리까

지도 적어 보낼 수 있어 누군가와 말다툼하여 어색할 때라든지 아니면 불 같은 나의 감정을 정리하여 전하고 싶을 때 편지를 쓴다. 그러다 상대에게 답장이라도 받게 되면 한동안 겉봉을 뜯지도 않은 채 망연히 들고 있을 때가 있다. 느낌만으로도 벌써 보낸 이와의 대화가 시작되기 때문이다.

그런데 오랫동안 편지를 쓰지 못했다. 편지를 기다리는 재미도 줄었다. 아마 전화 탓일지도 모르고 누군가 생각나면 주저 없이 컴퓨터 앞에 앉아 이메일을 보내면 그만이기 때문이리라. 또한 펜을 들고 글을 쓰는 것이 서툴고 번거로워 엄두가 안 나는 것도 사실이다. 그러면서도 다른 이의 편지를 받으면 우선 반가워진다.

서너 달 전에 문인 두 분의 저서가 우편으로 도착했다. 자주 만날 수 있는 분들도 아니어서 감사하다는 인사를 어떻게든 전하려고 했는데 바쁘다는 핑계로 차일피일 미루다 어느 늦은 밤 편지를 쓰기 시작했다. 그런데 큰맘 먹고 책상에 앉아 펜을 들었지만 반듯하게도 예쁘게 써지지도 않았다. 괜스레 애꿎은 만년필만 타박하기를 여러 번. 벌써 몇 장의 편지지가 휴지통으로 들어갔는데도 끝내 편지는 마무리되지 않았다. 컴퓨터 활자로 편지를 보내는 무성의함을 보이지 않으려고 어떻게든 이번만은 직접 써보려 했는데……. 하지만 1시간 넘게 편지지와 씨름하던 나는 결국 컴퓨터로 자리를 옮겨 앉았다. 컴퓨터를 켜자 하얀 모니터가 환하게 나를 반긴다.

　우선 춘천의 P선생님께 보내는 글을 먼저 작성했다. 보내주신 책은 잘 읽었으며 운치 있는 소양 호반을 바라보면 저절로 작품이 떠오를 것 같으니 춘천에 한번 초대해 달라는 애교 섞인 부탁을 적어 넣는 것도 잊지 않고 한 통의 편지를 완성했다. 그리고 곧 청주의 P선생님께 편지를 쓰려고 새로운 화면을 띄우는데 선잠에서 깨었는지 작은 아이가 나를 찾았다. 꿈을 꾸었는지 뒤척거리는 아이를 다독여 재우고 두 번째 편지를 마무리 지었다. 모니터의 까만 활자들이 나를 보며 졸고 있다. 어느새 시간은 자정을 넘어가고 있었다.

　다음날 아침, 밀린 숙제를 한 것처럼 가벼운 마음으로 편지를 부쳤다. 답장이 올 것이라는 생각은 하지 못했다. 그런데 답장이 온 것이다. 편지를 보내기도 참으로 오랜만이었지만 이렇게 누군가로부터 답장을 받은 일이 연애 시절의 기억을 더듬어야 할 만큼 오래된 일이라 쉽사리 겉봉투를 뜯지도 못했다. 하지만 집안일을 하면서도 마음은 책상에 올려놓은 편지에 가 있고 어떤 내용의 답장일까 궁금해 가슴이 다 두근거렸다.

늦은 저녁, 드디어 편지를 읽기 시작했다.

첫 줄의 내용은, 보내준 편지는 잘 받았으며 감사하다는 인사의 평범한 내용이었다. 그런데 그다음부터의 글을 보는 순간 누가 나를 보고 있는 것도 아닌데 얼굴이 붉어지고 당황스러워 몸 둘 바를 몰랐다.

강 선생의 편지는 잘 받았습니다. 부족한 나의 글에 또 한 분의 팬을 만나게 된 것 같아 무척 반가웠습니다. 그런데 내용을 읽어가다 보니 아무래도 제게 보낸 것이 아니라 춘천에 계시는 P 선생님께 보내는 편지 같아서…….

'이럴 수가' 그럴 리가 없을 텐데, 서둘러 컴퓨터를 켜고 저장된 편지를 찾았다. P라는 파일명의 문서 2개가 화면에 뜨고 첫 번째 편지의 내용을 보니 춘천의 P선생님께 보내는 편지가 분명했다. 두 번째 파일을 열었다.

청주의 'P선생님께'라는 인사말 아래 내용은 춘천의 P선생님께 보내는 내용이 적혀 있었다. 어찌 된 일일까.

편지를 쓸 때 작은 아이가 나를 찾았었지. 아이를 토닥여 재우고 그리곤 다시 편지를 쓰기 시작했었는데. 아, 청주의 P선생님께는 먼저 편지를 썼다고 생각하고 춘천의 P선생님을 생각하며 편지를 썼던 모양이다. 어떻게 이런 실수를 했을까.

편지를 읽자마자 청주의 P선생님께 전화를 했다.

"선생님 죄송합니다⋯⋯."

"괜찮아요. 아무래도 실수를 한 것 같아 알려주려고 답장을 했습니다. 그럴 수도 있는 일이니 마음 쓰지 마세요."

하지만 나는 나의 말도 안 되는 실수 때문에 제대로 대답조차 할 수 없었다. 그저 죄송하다는 말 밖에는.

그 후 모 선생님의 출판 기념회에서 청주의 P 선생님을 뵙게 되었는데, 시댁이 청주라는 나의 말에 한번 들르라며 초대해 주셨다. 선생님께서는 진심으로 죄송하다는 편지를 다시 한번 보냄으로 모처럼 시작했던 나의 편지 쓰기는 이렇게 끝이 났다.

사실 누군가에게 마음을 전하는 일이 어디 그리 쉬운 일인가. 비록 나의 편지쓰기가 이렇게 한바탕 해프닝으로 끝나 버렸지만, 편지를 주고받는다는 건 아름다운 인간사의 하나라 하고 싶다. 물론 나와 같은 실수를 하면 안 되겠지만 편지를 쓰면서 상대방을 생각하고 있었을 시간의 소중함, 그런 사사로운 감정 같은 것이 진정 우리 생활에 있어줘야 하지 않겠는가.

분명 말로 전 할 수 있는 것과 글로 전하는 것은 느낌이 다르다. 편지는 깊은 곳에 있는 보이지 않는 무엇까지도 전달하는 묘한 매력이 있다. 가슴 설레던 푸르른 한 시절에, 쓰고도 보내지 못하는 편지, 영원히 보낼 수 없는 편지, 그런 편지를 밤이 깊도록 쓰고 앉았던 그 시간들이 아득하기만 하다.

게놈시대

떠남은

곧 새로운 생명의 탄생과 다가올 미래의 희망을 기다리게 한다

　이 세상에 생명이 있는 모든 것들은 시기와 형태만 다를 뿐 언젠가는 떠나야 한다. 이름 없는 작은 풀꽃에서 만물의 영장이라는 사람까지도 그 생명의 순리에 엮여 있다. 떠남은 곧 새로운 생명의 탄생과 다가올 미래의 희망을 기다리게 한다. 그러기에 제 할 일 다하고 길 위에 누워있는 나뭇잎들이 슬프지만은 않은 것이리라.

　그런데 현대의 과학은 때가 되면 떠나야 아름다운 그것들을 잡으려 하

고 있다. 인간 게놈(유전체)의 규명으로 바야흐로 '게놈 혁명 시대'가 활짝 열린 것이다. 베일에 가려졌던 인체의 신비가 벗겨지면서 생명 공학 분야에 새로운 지평이 열렸다. 인간 유전자 완전 해독은 사람의 유전체에 어떤 유전정보가 담겨 있는지를 밝혀낸 혁명적 사건임에 틀림없다. 인체 게놈은 조물주가 창조한 인체 설계도를 벽돌 한 장까지 낱낱이 규명해 냄을 의미하는 것이니 말이다.

　수십억의 인류가 저마다 다른 특성을 지니는 이유는 A(아데닌)·G(구아닌)·C(시토신)·T(티민) 등 네 가지 염기서열로 구성된 DNA란 유전 정보가 다르기 때문이다. 사람의 유전자는 30억 개 염기로 이뤄져 있으며 이번 연구 결과 이들 염기가 어떤 순서로 어떻게 배열돼 있는지 밝혀진 것이다.

　그렇다면 전 세계는 왜 이렇게 인간 게놈 발표에 열광하는 것일까? 그것은 이 염기서열을 이용해 인체의 신비가 완전히 밝혀진 것이라는 기대 때문이다. 즉 유전 정보를 통하여 타고난 외모나 유전병은 물론 음식을 소화하는 능력, 질병에 대처하는 방식, 사람의 성격이나 행동까지도 예측 가능한 시대가 온 것이다. 또한 이번 연구결과를 토대로 각종 질병의 원인을 유전자 차원에서 알게 되면 문제의 유전자를 정상화하는 치료법이 도입될 것이다. 유전자를 이용한 진단법은 100%의 정확도를 가능케 할 것이며, 치료에 있어서도 개개인의 유전자 특성에 맞는 맞춤 신약이 개발되면서 부작용 없는 완치법 또한 현실화될 것이다. 특히 의학 분야에서 인류를 위협하던 주요 질병들의 대부분을 예방, 치료 관리할 수있는 시대가 다가오고 있는 것이다. 그러기에 더욱 기대되는 분야는 노화의 신비가 풀림으로써 모든 인류에게 젊고 건강한 장수시대가 도래한다는 사실이다.

그러나 이러한 혁명적인 사실에도 문제가 있음을 인식해야 한다. 만약 생명의 비밀이 완전히 풀린다면 이 사회는 과연 어떻게 변해 갈 것인가. 우선 유전자 조작을 통한 맞춤 인간의 탄생은 물론이고 유전공학 기술의 혜택을 받은 우수한 형질의 인간과 그렇지 못한 열등한 형질의 인간으로 구분될 수도 있을 것이다. 그러기에 사람들은 우수한 유전자만을 선호하여 모든 인간에게서 나쁜 인자들을 제거할 것이며 결국엔 사람마다 달리

지니고 있는 생물학적 다양성이 파괴되어 모든 사람의 유전자가 비슷해
져 버리는 현상도 올 것이다.

이런 현상은 수십억 년에 걸친 생명 진화 과정을 거스르고 인간의 선택
에 의한 인간이 만들어질 수도 있다는 것을 의미한다. 그렇다면 미래의
어느 순간에는 지금까지 지구상에 존재하지 않았던 하이브리드 인간이
출현할지도 모를 일이다. 하이브리드 인간이란 여러 인종의 유전자를 짜
깁기 한 인간으로 머리카락은 흰색, 피부는 노랗고 눈동자는 파란 SF 영
화에서나 볼 수 있었던 이상한 형태를 가진 모습의 인간이 탄생될 수도
있다는 것이다.

또한 미래의 과학자들은 권태 유전자를 찾아내는데 총력을 기울이게 될
지도 모른다. 게놈 혁명으로 무병장수의 시대를 구가하는 인류에게 권태
가 최대의 적으로 떠오를 테니까. 그러나 권태는 유전자가 아니라 학습·
교육 등 후천적인 요인으로 결정적으로 관여하는 것으로 입증돼 난관에
봉착할 것이며, 다시 종교와 철학이 고개를 들고 인류는 기원전 소크라테
스나 공자의 말에 귀 기울이기 시작할 것이다.

　언젠가는 원하기만 하면 볼 수 있는 계절로 인해, 반가움에 탄성을 질러대던 한 겨울 눈송이와 봄이면 문득 눈길 닿은 담장 아래 피어난 푸른빛 민들레의 여린 생명마저도 그저 예사로 보게 되지는 않을까. 하찮게 지나쳐 보던 초목의 결실이 깨우쳐 주는 평범한 이치는 바로 생명의 순리이다.

　우리 모두가 너무나 잘 아는 것, 그래서 쉽게 잊어버린 채 살며 잊었다가 새삼 흐르는 세월과 함께 깨우침으로써 더욱 가치로운 것, 그것은 자연과 더불어 살아가야 하는 삶이다. 저물어가기에 아름다운 저녁노을 그리고 떠나야 할 때 떠나야 함을 아는 것, 눈부신 과학의 발전은 말로 설명되지 못할 이 현상들을 해석할 수 있으려나 우리 모두 기다려 볼 일이다.

토끼를 묻으며

삶의 잃어버린 것들을 찾아
떠날 수 있는 용기 있는 어른이 되어보는 건 어떨까.

   풀 먹인 하얀 홑이불이 사각거리며 바람에 날리는 풍경을 늘 이맘때쯤 보았다. 손을 담그면 여울이 생길 것 같은 맑은 하늘과 진녹색 융단처럼 끝없이 펼쳐진 들판을 보고 있으면 어느새 유년의 길가에 서 있는 것 같다. 우리 아이들은 알 수 있을까. 저녁 무렵이면 뉘엿뉘엿 넘어가는 시골 집 대청마루에서 바라보는 노을이 얼마나 아름다운지. 마른풀 타는 냄새를 맡으며 까슬한 멍석 위에 누워 바라보는 여름밤 하늘은 또 얼마나 많은 이야기를 담고 있는지.

사실 요즘 아이들은 우리의 마음을 정감 있게 해 주는 것이 무엇인지 생각도 하지 않을 듯싶다. 설령 느낌이 좋은 것들을 바라본다 한들 과연 몇 분 몇 초 동안이나 그것들을 생각하려고 할까. 언제 그런 마음이 있었는지조차 모를 만큼 금세 잊어버리고는 컴퓨터 게임이나 오락기 같은 그 또래 아이들의 즐거움 속으로 다시 돌아갈 것이다. 자신들의 세계와는 전혀 다른 세상이므로.

우리 부모들은, 보다 편안한 삶과 지혜를 갖기를 원하고 그 잣대로 아이들을 재려고 한다. 그러기에 아이들은 똑똑해야 하고 어디서든 뒤처져서는 안된다는 강박관념 속에 살고 있다. 세상의 삶이라는 것은 결국 깨달음의 과정이라고 생각한다. 모든 경험은 그 나름대로의 역할이 있듯이 우리 아이들 역시 호의적이지 않은 친구로부터 혹은 학교에서의 맡은 책임과 의무로부터, 또한 여러 가지 부딪힘에 스스로 결정하고 그 일에 느꼈던 특별한 경험이나 혼란들 속에서 나름대로 이해할 줄 아는 판단력을 갖추게 될 것이다.

　몇 달 전, 막냇동생 덕분에 호암아트홀에서 열리는 포크 페스티벌을 보러 가게 되었다. 그날 동생은 자기가 기르던 거라며 아이들에게 작은 토끼 한 마리를 선물했다. 그러면서 잘 돌봐야 한다는 당부도 잊지 않았다. 토끼를 받아든 아이들은 공연시간 동안 토끼 걱정에 안절부절했다. 상자에 넣어둔 토끼가 숨을 쉬지 못하는 것은 아닌지 연신 뚜껑을 열었다 닫았다 하며 토끼에만 온 정신이 팔려 있었다. 괜찮을 테니 자꾸 열어보지 말라고 해도 아이들은 어두운 조명과 음악소리, 박수소리에 토끼가 놀랄 것 같다며 걱정이 이만저만이 아니었다.

　밤늦게 집에 돌아와 토끼를 풀어놓고서야 아이들은 안심이 되었는지 목욕을 시킨다, 먹이를 준비한다, 야단법석이었다. 엉성하지만 토끼집을 만들고 작은 물그릇과 배춧잎, 당근 조각도 넣어주니 제법 그럴듯한 작은 공간이 거실 한 쪽에 생겼다. 어느 날 갑자기 그렇게 식구가 하나 늘었다.

　일이 벌어진 것은 토끼가 우리 집에 온 지 3일째 되는 날이었다. 아침에 눈뜨기가 무섭게 토끼를 보러 갔던 아이들이 소리를 질러댔다. 아이들의 수선에 무슨 큰일인가 싶어 달려갔더니 토끼가 죽어 있는 게 아닌가. 나는 죽은 토끼를 어찌해야 할지 몰라 한참을 그냥 바라볼 수밖에 없었다.

그날 오후, 아이들과 종이에 싼 토끼를 들고 소래 기차가 다니던 철로 변 근처 작은 숲으로 갔다. 사람들이 자주 다니지 않는 풀숲 작은 나무 아래 구덩이를 파고 토끼를 잘 묻어주었다. 토끼 무덤을 한참이나 다독거리던 큰 아이는 돌아서서 서럽게 울었다. 미안하다고, 정말 미안하다고.

토끼의 죽음을 별로 대수롭지 않게 생각했던 나는 그런 큰 아이의 모습을 보면서 가슴이 시큰해졌다. 한없이 어리고 철부지 같았던 큰아이의 가슴 속에 누구를 생각하고 배려할 줄 아는 따뜻한 사랑이 있는 줄 이제야 알게 된 것이다.

사실 우리 큰아이뿐 아니라 세상 아이들 누구나 사랑할 줄 알고 감동받을 줄 아는 마음을 갖고 있다고 생각한다. 그동안 우리는 뭔가 소중한 것들을 잃어버리고 있으면서도 알지 못하고 설령 알았다 해도 찾으려고 노력도 하지 않았다. 이제라도 삶의 잃어버린 것들을 찾아 떠날 수 있는 용기를 내보는 건 어떨까.

자각(自覺)이란 자신을 살펴보는 마음, 관찰하는 마음, 지켜보는 마음을 뜻한다. 자신뿐 아니라 모든 것에 대해 자각을 하고 있으면 그것을 대하는 생각과 태도가 달라진다. 소중한 것에 대해 깨닫지 못하고 곁에 없게 된 뒤 후회한 적이 있는가. 빠르게 변하는 시대에 소중한 것, 소중한 사람들에 대한 자각은 그래서 더욱 필요하다고 생각한다. 현재 나에게 주어진 일, 상황, 그리고 나와 연결된 모든 사람들을 소중히 생각하기를……. 후회하는 순간은 예고 없이 찾아오니까.

행복한 날의 서정 –화가 김성희

예술은 어렵고 고단한 작업이다.
끊임없는 열정과 애정 없이는 걸어갈 수 없는 길이다.

현실적, 비현실적, 가능함 또는 불가능함까지
캔버스 위에서 치열한 전투를 벌인다.
많은 이들과 함께 향유할 행복한 날을 위하여
– 『행복한 날』 화집 중에서

예술은 우리의 일상 속에서 함께 존재한다.

한 편의 시를 쓰듯 생활 속의 우리 모습들을 표현해 내는, 화가 김성희 (金星姬)를 겨울이 깊어가는 12월의 끄트머리에서 만났다. 작가는 17회 의 개인전과 세계 유수의 국제아트페어 참가 및 국내 주요 단체전, 초대 전 등 왕성한 작품 활동을 하고 있으며 제5회 오늘의 작가상 수상, 「가 을동화」, 「사람의 집」, 「프로포즈」, 「초대」 등 여러 KBS 드라마에 작 품을 제공하기도 했다. 또한 산문 시집 「그림으로 그릴 수 없는 것들을」 (1996/2005)을 발간함으로써 문학적인 감수성과 함께 끊임없는 자기 연 구와 노력으로 항상 변화된 모습을 보여주고 있다.

작가는 도시에 흩날리는 눈을 닮았다. 뚜렷한 이목구비와 큰 키, 커다란 눈매는 서늘한 듯하면서도 도시인의 세련미를 짙게 풍겼다. 그러나 차갑 지 않았다. 행복한 날이라는 그림 제목처럼, 풍성한 노란색과 붉은색의 강렬한 대비가 오히려 편안하고 따뜻하게 느껴진 것처럼 그녀의 미소 또 한 여유롭고 따스했다.

작가의 작품을 감상하노라면 한 편의 서정시를 읽는 듯하다. 작가만의 독특하고 단순한 이미지의 재구성이 전혀 어렵지 않고 편안하기 때문이다. 그녀의 작품 소재는 우리의 일상이다. 삶의 모습 자체가 모티브가 되어 작가만의 조형언어로 작품을 표현해낸다. 파스텔 톤의 밝은 색감 혹은 중간 톤의 맑은 색감, 강하면서도 부드럽고 빠른 질감의 붓 터치, 새로운 공간을 창조하는 구성, 자유로운 이미지 전개와 조화로움 등으로 작가의 의도를 은유적이고 함축적으로 표현해 내고 있는 것이다. 그래서 화가의 작품 속에는 우리의 꿈과 이상이 담겨 있다.

  주변의 일상적인 풍경들, 그리고 우리 눈에 보이는 자연의 모든 것들이 작품의 소재가 된다는 작가는 익숙한 풍경과 이를 통해 다시 상상하게 되는 여러 이미지를 화폭에 옮긴다고 한다. 거창한 듯 소박하게 때로는 우리 모두가 행복한 삶을 영위하는 것 그러한 평범함에서야말로 진정한 삶의 의미가 부여되는 것은 아닐까. 그래서 어쩌면 작가는 그림 속에, 나의 이야기 혹은 우리 주변의 이야기, 우리가 무심결에 지나치는 삶의 모습들을 담으려 애쓰고 있는지도 모른다. 결국 작가에게 있어 삶이란 물이 있고, 나무가 있고, 해와 달이 있는 것처럼 특별하지 않은 평범한 것들 속에

서 서로 사랑하고 느끼는 우리들의 모습들이 그림의 모티브이고 사색에
젖게 하는 친밀한 언어인 셈이다.

　현대는 이미지의 시대이며 창조의 시대이다. 근대적인 국가와 사회의
규제가 아폴론적인 코스모스를 형성했다면 미래는 이를 뛰어넘어 창조
적 에너지가 넘실거리는 디오니소스적 황홀경이 펼쳐질 것이다. 그러한
점에서 따뜻한 감성과 시적인 화면구성이 돋보이는 화가 김성희는 이미
지 작업에 뛰어난 형상화를 보여주고 있다. 특히 문학적인 사고를 지닌
작가는 일상적인 삶과 관련된 체험적인 실제의 이미지를 암시, 은유, 상
징 등의 표현기법을 통해 단순화하거나 재배치, 재구성의 과정을 거쳐 조
형적인 이미지로 변화시키는 뛰어난 능력을 지녔다. 그래서 마치 시를 쓰
듯 작가의 그림에는 정겹고 공상적인 상념의 묘미가 배어난다.

　포스트모더니즘의 영향 아래서 추상성을 주된 특징으로 삼는 현대 미술
의 경우에까지 일률적으로 적용하긴 어렵겠지만, 우리가 일반적으로 수
작(秀作)이나 명화(名畫)라고 부르는 예술 작품들에는 인간의 보편적 감
성의 측면에서 감동을 불러일으키게 할 만큼 뚜렷한 심미적 요소들이 공

통적으로 포함되어 있다.

　미술를 잘 모르는 우리 일반인의 상식에서 가장 자연스럽게 받아들이는 이미지라는 개념에서 크게 벗어나지 않는 미술을 설명해 주고 있는 저자의 설명을 주의 깊게 따라가다 보면 어느새 미술을 디자인의 관점으로 이해하는 것도 미술작품을 바라보는 안목을 확립하는 데 크게 도움이 된다는 걸 알게 된다.

　화가 김성회는 중년이다. 사실 외모만으로 그녀의 나이를 짐작하기는 어렵다. 하지만 그녀의 작품에는 생의 깊은 곳을 바라보게 하는 시선을 느끼게 한다. 인생이 다만 즐겁고 안온하기만 한 것은 아니라는 사실을 깨닫게 해주는 무엇이 있는 것이다. 섞여 사는 삶 속에서도 때론 외롭고 혼자라는 인간의 존재 의미를 자각하면서 화가는 화폭 안에서 자연과 함께 새도 되고 초승달도 된다. 그러나 비감보다는 긍정적 깨달음의 가슴에서 우러나는 언어들이 깊은 공감대를 형성하게 하는 그녀의 그림은 어딘지 착한 사람의 영혼을 닮아 있다.

　또 다른 해가 오고 있다. 새해 새로운 출발점에서 하고 싶은 말이 있느냐

는 질문에, 작가는 미술계에 새로운 변화의 바람이 불기를 희망한다고 했
다. 갈증은 욕망을 낳는다. 그러나 그러한 욕망을 예술로 승화시키고 있
는 작가는 여전히 척박한 우리나라의 미술계와 그림을 바라보는 성숙되
지 못한 인식들로 인해 깊은 아쉬움이 남는다는 말로 속내를 털어놓았다.
　예술은 어렵고 고단한 작업이다. 끊임없는 열정과 애정 없이는 걸어갈
수 없는 길이다. 지금도 수많은 화가들이 그 길에 지쳐 쓰러질 것이다. 그
러면서도 미래의 모란디를 꿈꾸는 젊은 미술학도들은 여전히 그 출발점
에 서 있다.
　화가 김성희,
　그녀가 미술계에 환한 등불이 되기를 기원한다.

꿈을 쫓다 해를 만나다

나는 다시 떠날 것이다.

내 안의 나를 찾는 여행은 계속 되어야 한다.

  분주한 일상이 발목을 잡을까 봐 대문 소리 요란하게 닫고 달려 나온 아침, 바다 냄새 가득한 하늘은 맑게 갠 얼굴로 나를 반겼다. '떠남'이라는 낱말은 늘 두근거림을 선물한다. 버스를 가득 채운 '떠남'의 동행자들, 그 속에 나도 묻어 떠났다. 끝이 보이지 않는 수평선처럼 길은 무한의 공간으로 우리를 달리게 했다. 가도 가도 닿을 것 같지 않은 그곳으로 버스보다 내가 먼저 달려갔다.

한참을 달리던 버스가 숨이 가쁜지 힘겹게 얕은 고개를 넘어간다. 고개를 넘자, 장승이 서 있는 마을이 보였다. '난실리'. 유난히 난이 많이 피어 마을 이름을 난실리라고 지었다든가. 그 작은 시골 마을의 소박한 정거장에서 '꿈'이라는 깃발이 파닥이는 편운문학관을 만났다. 넓은 그늘과 개미들의 집으로 보시한 고목을 지나, 개구리 소리 들린다 하여 이름 붙여진 고색창연한 한옥 청와헌 앞에 섰다. 시인이 생전에 집필하며 여가를 보내기도 했던 곳이다. 윤색된 기와의 색이 세월을 느끼게 한다. 청와헌을 감싸고 있는 등나무가 시원해 잠시 서성거리다 시비 앞에 멈추었다.

어머니 심부름으로 이 세상 나왔다가
이제 어머님 심부름 다 마치고
어머님께 돌아왔습니다.   -꿈의 귀향

한 생명으로 태어나는 것도 어쩔 수 없는 삶을 살아가야 하는 것도 순리에 따라갈 뿐이라는 의미가 마음 깊이 다가왔다. 몇 번을 읽고 또 읽었다.

보이지 않는 서늘함에 가슴 한쪽이 묵직해져 괜히 하늘만 올려다보았다.
전시실에서 보았던 편운의 흔적들을 마음에 담은 채 모내기 끝낸 시골
길을 들어섰다. 6월이 들판 가득 싱그러운 바람을 실어 오고, 혜산 박두
진 시비가 안성시립도서관 입구에 바람을 맞으며 말없이 서 있다. 작은
나무 한 그루가 샘이 났는지 시비를 가려 읽으려 애를 먹었다. 특히 고즈
넉한 산길을 올라 만난 혜산의 생가를 볼 수 있었던 것도 색다른 즐거움
이었다. 생전에 아끼던 진귀한 수석들이 정원에서 웃고 있었다. 사람이
그리워서 그랬는지, 산과 바람을 접하며 살아왔던 그의 생애가 집안에 고
스란히 간직되어 있다. 삶은 누구에게나 공평하다. 같은 하늘, 같은 바람
다만 그것을 어떻게 느끼느냐 하는 것이 다를 뿐.

　해야 솟아라 해야 솟아라
　맑앟게 씻은 얼굴 고운 해야 솟아라…….

　혜산 박두진은 그의 시 '해'에서 민족의 웅대한 기상과 어둠이 걷힌 청

산에서 조국의 미래에 낙원이 펼쳐지기를 간절히 소망하는 뜨거운 열망을 나타냈다. 광복이라는 무한한 자유와 기쁨 속에서 모든 생명들이 서로 갈등을 빚거나 두려워할 것 없이 평화롭게 화해하며 살아갈 수 있다고 했다. 때문에 생명의 근원이며 창조의 어머니인 '해'가 돋기를 간절히 기원하는 그의 강한 애국심을 보여주고 있는 것이다.

지금처럼 경제적으로나 정치적으로 혼란스럽고 어려운 때, 혜산의 시 '해'를 한번 읽어보면 어떨까. 사는 것이 어렵고 힘들더라도 언젠가는 헤치고 나갈 수 있으리란 믿음 그것이 혜산의 시 '해'가 될지도 모르는 일 아닌가. 혜산의 열정적이고 긍정적인 사고, 그것이 지금 우리에게 필요할지도 모른다.

바쁜 사람의 하루해는 늘 짧다. 모두 담을 만큼 크지도 않은 가슴을 안고 우리는 또 하나의 아픈 시간을 달려갔다. 짙은 풀 냄새 가득한 깊은 숲 그 가운데 미리내 성지가 있었다. 땅의 미리내, 하늘에 있어야 할 은하수가 땅에 내려왔으니 얼마나 힘들었을까. 살기 위해, 그들은 깊고 깊은 이 산골짜기에서 불을 피워가며, 그들이 섬기는 그 빛을 지키기 위해 얼마

나 상처를 입었을까. 문득 바람이 지나가며 말한다. '당신은 고해성사가
필요치 않으십니까.'

　얼마큼 채웠는지 알 수 없지만 묵직한 가슴을 안고 돌아가는 길. 그래도
느긋할 수 있는 건 넘치도록 담아온 꿈과 해의 희망과 미래를 던진 순교
자의 불빛 때문인지 모른다. 또다시 나는 떠날 것이다. 다른 삶의 모습을
바라보며 내 안의 나를 찾는 여행은 계속되어야 하기 때문이다. 돌아오는
길에 들었던 O 교수님의 짧은 수필이 새삼 떠오른다.

　아침 길 달려와

　꿈을 꾸는 사내를 만났다

　해를 부르는 사내도 만났다

　달려온 길 뒤돌아

　우리는

　지금 또 다른 사내를 만나러 간다.

비상을 꿈꾸며

학업에 대한 끊임없는 갈증은
나의 작은 꿈을 이루기 위한 밀알이 될 것임을 믿는다.

　나의 아침은 늘 정신없이 바쁘다. 남편과 아이들 깨우랴, 준비물 챙기랴, 아침 준비하랴. 제대로 아침을 먹어본 지가 언제인지 모르겠다. 우리 집 세 남자들은 식성도 제각각이다. 아침 식사로 빵 한 가지를 준비해도 남편은 구운 햄, 계란 프라이, 피클을 따로 주어야 하고, 큰 아이는 야채, 과일을 함께 무친 샐러드를, 작은 아이는 살짝 구운 빵에 딸기잼을 듬뿍 발라먹고 싶어 한다. 물론 나는 빵을 좋아하지 않는다.

연신 시계를 쳐다보면서 세 남자의 시중을 들다가 8시가 되면 한 사람씩 배웅할 시간이다. 먼저 남편이 출근한다. "잘 다녀와요" 하고 배웅하기 바쁘게 무거운 책가방을 멘 큰 아이가 안쓰러워 신발주머니를 대신 들어주며 또 "잘 다녀와" 한다. 그다음에는 컴퓨터 앞에 앉아 있을 작은 아이와 컴퓨터를 끄기 위해 머리싸움을 시작해야 한다. 작은 녀석은 형보다 조금 늦게 나간다는 핑계로 늘 컴퓨터를 켜 놓기 때문이다. 아니나 다를까 두 사람을 배웅하고 들어온 그 순간까지도 눈 하나 깜짝 안 하고 게임을 계속하고 있다. 오늘은 또 어떻게 컴퓨터와 떼어 놓나 생각하고 있는데, 작은 아이의 느닷없는 질문을 한다.

"엄마 저그 알아? 나는 테란이 좋은데."

엄마는 이렇게 말해도 모를 거라는 표정으로 먼저 선수를 친다. (하긴 스타크래프트 시합도 있다는데 아이들이야 얼마나 재미있을까 하는 생각도 들지만) 그래도 나는 관심이 없는 척하며 조용히 말한다.

"일어나, 이제 갈 시간이야."

"어디."

"어디라니 너 아침마다 가는 곳."

"아, 공부하기 너무 힘들다."

"네가 무슨 공부를 하는데."

"그림 그리기, 쓰기, 예쁘게 앉아 밥 먹기"

"빨리 안 일어나!"

결국 오늘도 내가 이겼다. 작은 아이까지 보내고 나면 청소를 하고 화장을 시작한다. 조용히 음악도 틀어놓고 향기 좋은 커피를 끓인다. 머그잔 가득 커피를 담아 9시 30분쯤 나는 출근을 한다. 싱그럽고 환한 햇살이 제일 잘 드는 우리 집 작은방으로.

나는 프리랜서 편집 디자이너로 일하고 있다. 카달로그, 광고지, 책 편집 등 일종의 재택근무인 셈이다. 아직 아이들이 어리기 때문에 현장에서 일할 엄두를 내지 못하고 있다. 하지만 내게는 작은 소망이 하나 있다. 진솔한 삶의 향기가 담겨있는 글을 써서 내가 직접 책을 만드는 것이다. 내 나이가 적지 않다는 것도 안다. 새로운 일을 시작하기엔 조금 늦었다는 것도 안다. 하지만 내겐 꿈이 있고 이루고 싶다는 열정도 있다.

　가끔 이른 새벽에 작업을 끝내고 홀로 마시는 커피 한 잔과 풍경(風磬)이 달려 있는 작은 창문을 열었을 때 느껴지는 싸한 새벽 공기는 무엇과도 바꿀 수 없는 소중한 시간이다. 가끔 힘겨워도, 아주 가끔 눈물이 날 만큼 이겨내기 어려워도 상관없다. 나는 그저 내가 사는 날까지 열심히 살고 싶을 뿐이다.

　2월인가, 대학에 편입했다는 내 말에 친구는 고생을 사서 한다고 했다. 가만히 있어도 되는데 일을 만들고 다닌다고 다른 친구들도 이구동성으로 말했었다. 어쩌면 그들 말이 맞는지도 모르겠다. 살아온 날들보다 이제는 살아가야 할 날들이 더 짧을 수도 있으니까. 그렇지만 나는 내 작은 날개가 커다랗고 튼튼하게 만들어져 저 넓은 하늘을 날게 될 때까지 학업을 계속하기로 정했다.

　오늘도 나는 내 선택이 현명했다고 믿으며 일, 아이들 그리고 책과 씨름하고 있다. 일에 대한 내 열정과 학업에 대한 끊임없는 갈증은 언젠가 나의 작은 꿈을 이루기 위한 밑알이 될 것임을 믿는다.

　희망이라는 하늘로 비상(飛上) 하리라는 것을.

해설

강미애의 수필세계 - 강석호

■ 강미애의 수필세계

애련한 서정 위에 꽃피운 강인한 의지

-「새벽 숲에서 너를 만나다」중심으로

강석호 수필가 • 문학평론가

Ⅰ.

강미애의 수필은 한 마디로 말해 젊고 신선하며 활달하다. 애련한 서정에 젖어 있으면서 강인한 의지가 배어 있다. 자신은 강하게 도전하지만 그 내면엔 버리지 못하는 조용한 슬픔이 도사리고 있어 독자로 하여금 많은 동정을 불러일으킨다.

그것은 그가 젊은 시절 일찍 어머니를 여의고 모정의 결핍과 그리움에 젖어 있으면서 홀로된 아버지 수발과 동생들을 돌보며 살림을 꾸려온 가장으로서의 역할, 일찍 결혼하여 내 집 갖기 꿈을 이루기까지, 또 대학에 진학하여 학업을 계획하다 보니 그의 마음은 항상 춥고 외로웠고 그를 극복하기 위해 강인함으로 무장해왔기 때문이다.

　문학 작품의 효용성은 유익함과 재미, 그에 의한 감동에 있다. 이런 효용성의 평가는 내용과 형식으로 구분된다. 내용적 측면에서는 기이하고 진귀한 스토리가 좌우하고 형식적인 면에서는 문장의 기법, 상징, 비유 등의 묘사에 좌우된다.

　오늘날 많은 독자들과 비평가들까지도 내용에 치우쳐 일반적인 소재를 벗어난, 그 작가만이 가진 전문 직업적 소재나 체험을 중심으로 그 작품을 논하는 경향이 크다. 우열의 판단 기준을 그것으로 삼는 것이다. 그러나 작문이나 보고서가 아닌 문학 작품이라면 내용도 중요하지만 그보다 앞서는 것은 문장의 기법, 즉 형식을 중시함이 당연하다.

　강미애의 경우는 그 내용보다 문장 기법에서 얻는 효용성이 훨씬 진지하고 감동적임을 느끼게 된다. 문학이 표현의 예술이라면 그것은 당연한 귀결이다.

그의 글은 첫째 그 문장 스타일이 질서정연하다. 문장의 질서화는 문예 창작의 가장 기본적인 요소이며 특히 수필에서는 그 질서와 간결성으로 승부가 결정된다. 오늘날 많은 수필들이 그 기본 요소를 제대로 갖추지 못하여 홀대받고 문제시되고 있다. 그런데 강미애의 문장은 그런 단점이나 우려를 깨끗이 불식하고 혼합된 토양에서도 그 광맥은 골짝골짝을 돌고 돌아 잘 이어져 간다.

두 번째 그의 글은 문장 수사력이 뛰어나다. 사물의 존재를 표현함에 있어 단순한 위치, 형태만 표현하는 것이 아니다. 그 상황을 비유와 상징으로 구사하여 어느 한 구절을 따 놓으면 시적 형태가 되는 기교력을 발휘하고 있다.

세 번째는 그의 서사 구성이 독특하다. 대체로 많은 수필가들이 연역적 서술을 택하는데 비하여 복합적 구조를 선호하고 있다. 다시 말하면 하나의 소재를 수직적 파고드는 직렬적 기법보다 여러 소재에서 동질성을 찾아 병렬적으로 이어가고 있다.

넷째 그의 글의 서사(줄거리)는 지극히 평범한 일상생활 속에서 누구나 쉬이 얻을 수 있는 체험에서 충격과 경이를 얻는 것이다. 생애의 남다른 고생담이나 세계를 종횡무진으로 누비는 광범위한 판도에서 얻는 체험에서가 아니라 소박함 속에서 소재를 취하고 스토리도 간단하면서 맛과 매력을 느끼게 한다.

다섯째 그는 독서 경험을 통한 지식정보를 적당히 구사함으로써 절편 속에 박힌 고명 같은 지성적 이미지를 보여주고 있다.

Ⅱ.

이러한 몇 가지 종합적 전제를 두고 그 작품을 좀 더 구체적으로 들여다보면. 어머니의 조기 사망에 대한 그리움의 상념은 「꿈」과 「죽음, 그 향기로운 유혹」 등에서 잘 나타나 있다.

그는 30세 전에 어머니가 난치병으로 세상을 떠남으로써 한창 모정의 사념이 충일할 나이에 죽음의 슬픔을 맛보았다. 결혼 후 어머니가 그리울 땐 멀지 않은 친정에 자주 들리며 그리움을 달래곤 했는데 결혼 후 여섯 해를 보낸 후 다시 홀로된 아버지마저 시골 고향으로 떠나고 나니 어머니가 더욱 그리웠다. 그러던 어느 날 어머니의 환영을 보았다.

　퇴근길에 친정 동네에서 함께 지내오던 절친한 친구를 우연히 만나 밀린 얘기를 한참이나 하고 돌아왔다. 그래서인지 그날은 더한층 어머니가 그리워졌던 모양이다. 저녁밥을 먹는 둥 마는 둥 편치 않은 심사에, 늦도록 장사하고 돌아오셨을 어머니의 초라한 모습을 그려보다가 까무룩 잠이 들었다.

　희미한 작은 점 하나가 움직이고 있었다. 저것이 무엇일까 하고 바라보고 있는 동안에도 점은 점점 커져갔다. 사람의 모습이었다. 머리에 한없이 크고 무거운 짐을 이고 있는 중년 아주머니였다. 양손에는 땅에 질질 끌릴 정도의 보따리까지 들었다. 나는 작은 짐 하나라도 거들어줘야 하는 것 아닌가 싶어 아주머니에게로 다가섰다. 그러는 사이 아주머니의 그림자는 나와 더욱더 가까워졌다.

　어떤 고달픈 사람일까, 누굴 찾아 나서는 길일까. 나는 자세히 얼굴을 들여다보았다. 그러다 소스라치게 놀라고 말았다. 그 아주머니는 바로 내 어머니가 아닌가.

　-「꿈」 중에서

환영 중에도 어머니가 무거운 짐을 이고 길을 가며 고달파하는 모습을 보고 그 짐을 대신 자신에게 맡기라고 했지만 돌아보지도 않고 사라져버린다. 그 짐은 어머니 가지고 가야만 하는 업보였을까. 아니면 얼마나 어머니의 고생스러운 모습이 사무쳤으면 꿈속에서까지 그렇게 나타났을까. 화자의 모정은 슬프면서도 절실하다.

어머니에 대한 간절한 회상은 「香」에서도 엿볼 수 있다. 초등학교 시절 학부모 수업 참관일에 교실 문을 열고 들어서는 어머니로부터 풍겨오는 비릿한 냄새.

어디선가 후각을 자극하는 비릿하고 시큼한 냄새가 났다. 순간 어머니에게로 쏠리던 수 많은 시선들. 그날부터 나는 어머니를 외면하기 시작했다. 그 냄새의 이유가 우리 때문이라는 것을 너무나 잘 알고 있음에도 말이다.

－「香」 중에서

그 당시로서는 그 냄새가 부끄러워 어머니를 외면할 수밖에 없었다. 그

러나 철이 들고 보니 그 냄새는 식구들을 위한 삶의 냄새요, 생명의 냄새
이자 고향의 냄새라는 고백에서 강인한 모정의 실상을 되뇌게 한다.

 그 외 화자는 죽음에 대하여 남다른 슬픔과 유족에 대한 위로의 정감에
젖어 있다. 「한 사람을 보내는 일」에서는 남편 친구의 죽음을 애도하고
그보다 더 남아 있는 그 친구의 아내에 대해 연민의 정을 보낸다.

 「미완의 세상」에서는 할아버지의 간곡한 만류에도 월남전과 병을 지원
한 삼촌이 적지에서 전사하자 할아버지도 치미는 화와 슬픔을 이기지 못
하여 집을 나가 불귀객이 된 사연이 애달프다. 전쟁은 평화를 위한 수단이
요 전제라지만 개인에게 당하는 죽음은 비극임을 웅변하고 있다.

 「죽음, 그 향기로운 유혹」에서는 자살에 대하여 언급하고 요즘 들어 백
일잔치, 돌잔치, 결혼식, 회갑연, 장례식 등에 참석이 잦고 특히 장례식에
는 꼭 참석하는 편인데 그 이유는 나이도 30도 되기 전에 떠나보낸 시어
머니와 친정어머니의 죽음을 통해 죽음이야말로 자신을 가장 겸허하게
돌아보는 기회가 되었기 때문이라고 했다.

 이로써 저자가 유달리 죽음에 관하여 쓴 글이 많은 것은 그의 뇌리엔 죽

음의 슬픔이 깊이 각인되어 있고 나아가서는 죽음을 통해 삶의 강인한 용기와 희망과 겸손을 얻은 결과임을 말해주고 있다.

그의 소재는 생활의 주변에서 쉬이 얻을 수 있는 일반적인 것이지만 단순히 누구나 얻은 대중적 값싼 설렘이 아니라 정갈하고 조촐한 것, 자세히 통찰력을 발휘하지 못하면 지나치기 쉬운 것들이다.

다시 말하면 소박하면서도 세심한 것, 군중들의 함성에 섞인 가냘프고 정갈한 멜로디, 세상을 모두 덮어버린 눈밭에서의 매화 또는 홍수 속에 흐르는 샘줄기 같은 것이라 할 수 있다.

「금줄을 만나다」는 전통 농원에서 친구와 함께 점심 식사를 하며 그곳 장독대에 걸려 있는 금줄을 보고 그 금줄은 우리 조상들이 부정을 막는 한 기원의 방법으로 쓰여 왔음을 회상한다. 아기를 출산했을 때 대문 앞에 걸린 금줄, 동제(洞祭)를 지낼 때 마을 앞 느티나무나 서낭당 우물에 걸린 금줄 등. 금줄은 이웃을 위하여 해야 할 일과 하지 말아야 할 일에 제시하는 공동체의 약속으로 서로 지키는 자체에서 부정을 제하고 정갈함을 얻을 수 있었던 조상들의 좋은 습속이었다. 그러나 요즘 우리 사회,

특히 인터넷 세상은 제멋대로 되어 자기만을 위한 부정투성이임을 경고하고 있다. 웬만한 사람들은 보고 지나쳐버릴 수 있는 일을 눈여겨보고 우리의 숲속임을 도출해내는 재주가 대단하다.

「ANDANTE」는 음악 용어이다. 노래의 흐름을 느리게 하라는 악보의 표시이다. 17년 전에 시어머니가 돌아가시자 그 유해를 절에 모셨기에 그로부터 절과 인연을 맺고 삼우제 사십구재 또는 명절에 절을 드나들고 스님과도 상면하는 기회를 갖는다.

어느 명절날 스님과 함께 점심을 공양하고 차를 마시기로 했는데 스님이 차 달이는 시간이 너무 길어 "왜 그리 오래 걸리냐"라고 했더니 차를 따르던 스님이 가만히 자기를 쳐다보며 "서두르지 말아"했다. 그 말 한마디에 그는 처신을 달리하는 깨달음을 얻는다.

내 성격은 지나치게 직선적이며 솔직하다. 그래서 쓰지도 달지도 않은 중간은 싫어한다. 그럼에도 밋밋한 차에 끌리는 것은 무슨 연유에서일까.
-「ANDANTE」중에서

茶의 본질과 茶道가 무엇인가. 왜 사람들이 차를 마시는가를 생각하며 「茶經」까지 읽으며 다도를 배운다. 「茶經」에서는 다도를 中庸儉德이라 했다. '중용'이란 어느 쪽으로 치우치거나 모자람이 없이 알맞은 일이며 '검덕'이란 검소한 마음가짐이란 뜻이다. 뿐만 아니라 茶를 다루는 茶器에까지 관심을 갖는다.

차를 담는 그릇이 어떤들 무슨 상관일까 싶었다. 그러다 지인들과 강화도 산사에 갈 기회가 있었는데 산 중턱에 있는 찻집에 인연이 되었다. 그곳에 진열된 다기들이 나를 사로잡은 것이다. 창문 너머로 불어오는 봄바람 탓이었는지, 그 바람에 흔들리던 풍경(風磬) 때문이었는지도 모르겠지만 흙벽의 거친 질감과 담백한 다기의 색감이 묘하게 어울렸다. 집요하게도 흑백의 무채색을 좋아하는 내가 부지불식간에 풀빛을 닮은 중간 색감에 빠진 것이다. 그 찻잔 속에서야말로 차는 제 색깔과 제 향내를 마음껏 보여주고 있었다.

-「ANDANTE」 중에서

　이렇게 그는 다도를 통해 흑백논리에서 중간색에 빠짐과 동시에 자기의 급한 성격과 직설적 어법에 제동을 걸고 있다.

　「香」에서는 지리산 산사에 가서 차가운 대청마루와 미풍에도 흔들리는 풍경, 돌확에 흐르는 샘물, 그리고 대웅전의 염불소리 돌계단을 오르는 불자들의 발자국 소리 소리 없이 피어올라 경내를 휘도는 향내음에 젖는다.

　그런데 그중 향내음은 옛날 시골 마당에서 피어 올리던 풀 타는 냄새를 연상하며 추억의 뒤안길로 접어든다. 그리고 구수한 된장 냄새, 적삼에 묻어오는 할머니 냄새, 그것은 어느덧 어머니 냄새가 되어 훌쩍이고 학교에 찾아온 어머니로부터 풍기는 비릿한 생선 냄새로 이어진다. 그 생선 냄새는 다시 어머니의 그리움으로 이어진다.

　「골목길」은 어린 시절 골목길의 추억을 되살렸다. 그의 골목길은 벽돌 공장과 쪽방들이 늘어선 서울 변두리의 왁자지껄하고 음습하고 어두운 골목길이었다.

　그래도 "골목길은 그리움이다. 그리움은 뿌연 거울 뒷길처럼 미로에서 건져내는 과거가 아니다. 지나간 것이기는 하되, 잃어버린 것이기는 하되 또 부서진 것이기는 하되 그것들을 다시 지니고 싶어하고 만지고 싶어 하지만 이제는 그럴 수 없다는 것, 그것이 그리움이다."라고 회억한다. 짧은 글이면서 단순한 표현이면서 많은 그리움을 공감케 하는 글이다.

　이상과 같이 그의 글 소재는 단순하면서도 소박하지만 석간수같이 정갈하고 산뜻하다.

　수필은 대단한 글이 아니다. 거담준론도 아니고 지나치게 함축이나 긴장도 아니고 그저 삶의 이야기이되 신선함을 필요로 한다. 그 외 그의 글 소재에서 **빼놓을** 수 없는 것은 야생화에 대한 관심과 지식이다.

　「이야기가 있는 꽃들」은 가족끼리 오대산으로 나들이를 가서 오대산의 하늘을 닿을 듯한 전나무숲 그 사이로 구불구불한 산책로 이끼가 뿌려진 바위들, 고요 속의 청량한 물소리 등 산속의 정갈한 풍경을 즐기다가 발견한 한국자생식물원. 그곳에서 우연히 관리인을 만나 우리 꽃들에 얽힌 아름다운 사연들을 듣게 된다.

딸네 집에 끝내 닿지 못하고 죽은 할머니의 무덤가에 피었다는 할미꽃, 먼저 죽은 지아비의 마음을 담았다는 홀아비꽃대, 사랑을 이루지 못하고 죽은 공주가 꽃으로 태어났다는 산목련 등 우리 꽃에 이처럼 하나같이 슬프고 아름다운 이야기가 담겨있었다.

-「이야기가 있는 꽃들」 중에서

그는 자생화의 꿋꿋한 정신과 자기 삶의 정진을 배운다. "지금의 내 모습이 조금 부족할지라도 나는 나일 뿐이다. 그렇다고 화려한 화장을 할 필요는 없다. 어느 둑길 아무도 알아주지 않는 모습으로 되어 있다 하더라도 결코 실망하거나 좌절하지 않는 자생화야 말로 우리 고단한 인생에 스승임을 깨닫는다."

「봄 편지」는 완연한 봄날 소풍 나온 아이들 마냥 봄날의 아름다운 자연과 인간의 행복을 꿈꾸며 옛날 은사님에게 보내는 편지이다. 내용 중 많은 젊은 시절의 낭만과 추억이 되뇌어지고 야생화에 대한 관심과 지식에 놀라움을 금치 못하게 한다.

　그는 학창 시절 야생화 동아리에 가입하여 선생님과 강원도 그리고 경
북의 크고 작은 산을 헤맸는데 그때 보고 들은 지식으로 그는 야생화의
전문가가 되었다. 문학인은 꽃 이름, 새 이름, 나무 이름 등 자연에 만생
하는 생물들의 명칭과 꽃말 생태에 대해서 알면 그만큼 글쓰기는 성공했
다고 볼 수 있다.

　많은 동아리가 있지만 그 동아리에 가입하여 활동하게 된 것을 선생님
께 감사하는 저자의 소이도 여기에 있다 하겠다. 부러운 일이다.

　다음 문장 기법의 특징으로 연역법적 서술이 아닌 간접적 병렬법을 구사
한 것은 「하루」에서 잘 볼 수 있다. 하루에 일어난 일 중 한 가지 일을 소
재로 삼아 집중 파고들지 않고 몇 가지 일 중에서 동질성을 찾아 서로를
연결함으로써 주제구현의 효과를 극대화하고 있다.

　저자는 지난밤 불면으로 인하여 아직 일어나질 못하고 새벽의 숲을 헤
매고 있는 정신 상태를 표현했다. 그리고 친구가 다니는 절에 가서 동갑
내기 스님을 만나 온화한 미소와 대화하며 조용조용한 침묵을 배웠다. 그
리고 친분이 있는 선생님 모친상 장례식장을 다녀왔다. 새벽부터 다음

날 새벽까지의 이야기를 순리대로 엮었다. 결코 사색이나 아름다운 수사나 복잡한 구성을 비리지 않아도 담담한 자기를 나타내고 그에 많은 공감을 얻고 있다. '사랑'이나 '길'이나 어떤 소재라도 작은 이야기를 연결하면 좋은 글이 되는 이른바 연작 수필의 한 형태를 성공적으로 보여주고 있다.

그 외 관심을 끄는 소재로는 「다락방, 내 14살의 비상구」「내 삶의 고해성사」「놓아라」 등을 꼽을 수 있다.

「다락방, 내 14살의 비상구」는 소녀적 자기만의 방이 없어 불편이 많았는데 어느 날 설거지를 하고 나니 부엌의 작은 벽장 위에 있는 허드레 창고가 생각났다. 겨우 사람 하나 누울 수 있는 공간, 그렇지만 작은 창이 하나 나 있어 그 창으로 밤하늘을 바라볼 수 있어 그곳을 자기 방으로 만들고 기뻐하는 이야기다.

나의 다락방, 그곳에서는 나는 얼마나 행복했었는지. 할머니의 코 고는 소리를 듣지 않아서 좋았고 비밀스런 일기를 작은 백열등 아래서 쓸 수 있어 행복했고,

힘들 때마다 마음껏 울 수 있는 나만의 공간이 있어 슬프지만은 않았다. 어려운 살림 때문에 그리고 4남매의 맏이라는 이유로 늘 어머니의 집안일이 내 몫이 되어 손에 물 마를 날이 없었던 14살의 여자아이에게 그 작은 다락방은 유일한 비상구였던 셈이다.

─「다락방, 내 14살의 비상구」중에서

　지금의 청소년들에 비하면 보잘것없는 작은 행복의 비상구였지만 그것도 이제 세월의 파도에 묻혀버렸다는 아쉬움이 가득하다.

「내 삶의 고해성사」는 어린 시절 누군가로부터 입학 선물로 받은 황순원의 「소나기」를 읽고부터 그는 문학에 눈을 떴다는 고백이다. 그리고 이제는 글쓰기 작업을 나를 다스리는 수행 방법으로 택할 정도로 불가분의 관계가 되었다고 고백한다. 「천고심비」「섣달이 주는 의미」도 독서와 직장 가정의 사이에서 글쓰기와 관련된 이야기를 실토하고 있다.

「놓아라」는 어느 노인 요양시설에 높이 걸려 있는 현수막의 글귀이다. 그곳에 입원한 노인들이 아직도 자식 걱정, 재산, 명예 세상의 줄을 놓지 못하고 있는 것을 감안 그 모두의 줄을 놓고 무소유의 평안한 마음을 가지라는 뜻이다. 하늘 높이 걸려 있는 그 글귀에 유심하여 의미를 부여한 작가의 통찰력이 대단하다. 그 외 나들이(문학기행)에 관한 글들도 여러 편 있다. 「인연의 강」「꿈을 좇다 해를 만나다」 등.

Ⅲ.
　이상 그의 수필을 살펴봤다. 모두에서도 언급한 바와 같이 근래에 보기 드문 젊고 힘찬 문체로 신선함을 준다. 피천득은 수필은 36살 이후에 쓰는 글이라고 했지만 오늘날 수필은 너무 늙은 글이 많아 인기를 잃고 있다. 그러나 강미애는 비교적 젊은 나이에 패기와 진지성이 보여 매우 기대된다. 앞으로 자기 직업이나 전공분야에서 얻는 소재 개발, 여행 등을 통한 폭넓은 체험에서 얻은 개성미를 발견하여 새로운 작품으로 왕성한 활동을 보여주기 바란다.

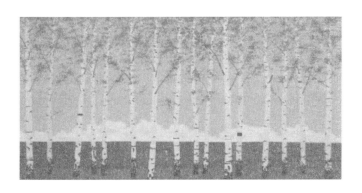

새벽은 새로운 시작이다. 지난밤 어수선했던 꿈, 뒤척임을 치유하는 소금 같은 시간이다. 아침은 멀었는데, 새벽별은 아직도 머뭇거리고 있다.

새벽 숲에서
너를 만나다

새벽 숲에서 너를 만나다

강미애 수필집

새벽 숲에서 너를 만나다

© 강미애 2020

1판 발행일 2015년 2월 15일
2판 발행일 2020년 11월 10일

지은이 강미애
표지 visual artist 백선욱
펴낸이 김미희
펴낸곳 몽트
출판등록 2012. 12. 20 제 2014-0000-38호
주소 안산시 상록구 사동 1361-7번지, 1층
전화 031-501-2322 팩스 031-501-2321
메일 memento33@hanmail.net

ISBN 978-89-6989-061-0   03810